KB081170

이보현

7년 차 귀촌인.

2011년 회사를 그만두고 서울을 떠나 집도 월급도 없는 노매드로 살다가 2015년 8월 전북 완주에 직장을 얻으며 정착했다. 귀촌 후 두 번의 이사와 두 번의 실업급여를 경험했고, 일자리가 부족한 지역에서 사는 데 꽤 유용한 그럴듯한 자격증도 두 개 땄다. 지금은 지역에서 할 수 있는 각종 아르바이트를 병행하며 글을 쓰고, 소소하지만 재밌는 일들을 벌이며 산다.

여성을 위한 시골살이 정보 팟캐스트 '귀촌녀의 세계란'을 기획·진행했고, 『안 부르고 혼자 고침』『나 혼자 발리』를 썼다.

@slowbadac

귀촌하는 법

귀촌하는 법

도시에 없는 여유와
나다움을 찾아서

이보현 지음

살아지는 삶 말고 충분히 나다운 삶

2015년 8월에 귀촌했다. 이곳 생활은 대체로 평화롭고 행복하지만 가끔 '이렇게까지 할 일인가' 싶게 피곤하고 때때로 외롭다. 재미있는 것, 좋은 것, 필요한 것은 여전히 도시에 훨씬 많다. 그렇다고 서울로 돌아가고 싶지는 않다. 내가 사는 곳은 여전히 아름답고 매일 감동을 준다.

귀촌 후 성공하는 법이나 귀촌 생활의 모든 것을 말할 자신은 없지만 내가 어쩌다 도시를 떠나 살게 되었고 어떻게 살고 있는지 생생한 사례를 더하는 일은 해 볼 수 있겠다고 생각했다. 귀촌이 얼마나 좋은지 주장하거나, 시골살이가 얼마나 만만치 않은지를 보여 주는 책은 이미 나와 있다. 의미 있고 만만치 않은, 지역에서의 삶. 귀촌에 대해 엄청난 기대나 확신을 가지고 이주한 건 아니지만, 살다 보니 예상치 못했던 일을 많이 마주했다. 특히 비청년 비혼 1인 가구 여성의 선택지는 부부와 자녀로 구성된 세대, 은퇴한 중장년이나 요즘 지자체가 계속해서 애정으로 호출하는 청년 세대보다 훨씬 적고 거의 눈에 보이지 않았다.

나이와 성별, 개인적인 배경을 고려하지 않고 생각해도 새로운 곳에서의 생활은 선택의 연속이고 아차 하는 순간에도 시간은 흐른다. 나는 늘 그 결과를 감당하면서 귀촌 생활을 이어가야 했다. 내가 하고 싶은 이야기는 사실과 선택, 결과 사이에 존재하는 여리고 작은 마음들에 관해서다. 거기에 귀촌해서 살고 있는 사람이 할 수 있는 이야기, 해야 하는 이야기를 더했다.

1990년대 후반부터 '시골에 가서 농사나 지을까' 하는 말(사람)이 생겨났다. 귀농歸農은 도시의 상대적인 개념으로서의 시골, 즉 농촌 생활의 기반인 농사로 돌아간다는 의미다. 도시를 떠나 농촌에 살지만 농사를 짓지는 않는 사람들이 나타나면서 귀촌歸村이라는 말도 쓰이기 시작했다. 귀어歸漁 · 귀산歸山이라는 말도 있다.

통계청의 귀농어 · 귀촌인통계에 따르면 2019년 귀

농·귀촌·귀어 가구의 인원수는 46만 명에 이른다. 그중 31만 명이 귀촌인이다. 2015년부터 본격적으로 귀농인과 귀촌인을 구분하여 통계를 발표하는데 2014년 자료에서도 귀농인 1만 가구에 비해 귀촌인 가구가 30배에 가까운 29만9천 명임을 확인할 수 있다. 귀촌인이 늘면서 별도의 통계가 필요해졌을 것이다. 2015년 자료를 보면 귀농인 중에서는 50~60대가 64퍼센트로 대부분을 차지한다. 그에 비해 귀촌인은 20~60대가 비교적 고르게 분포되어 있다. 1인 귀촌인도 70퍼센트나 된다. 2019년까지의 통계를 살펴보면 30대 귀촌인이 50퍼센트 정도로 가장 많고, 40~50대 이상은 꾸준히 20퍼센트 정도씩을 차지하고, 20대 귀촌인도 늘어나는 추세다. 처음 귀농을 하던 세대처럼 열심히 도시에서 전성기를 보내고 인생의 후반부를 보내려고 가려는 게 아니다. 오늘날의 귀촌인들에게 농촌 혹은 도시 바깥의 지역은 지금까지 살아 온 도시처럼 현업의 삶터다.

사람들은 왜 도시를 떠나 지역으로 가는 걸까?

나는 농사를 짓고 싶다거나 꼭 지역에서만 할 수 있는 일을 찾아 이주한 건 아니었다. 도시의 직장 생활은 무난한 편이었다. 대체로 좋은 동료들과 일했고 내가 하는 일에 보람과 재미를 느껴 가슴이 뛰는 순간도 많았다. 스트레스를 견딜 수 없어지면 그만두거나 더 흥미로운 일을 찾아 회사를 옮겼다. 그러나 직종·직장·동료가 바뀌어도 도시의 삶이 크게 달라지진 않았다.

내가 원하는 건 뭐지? 가장 먼저는 떠밀리듯 지하철을 타고 출근하는 삶에서 벗어나고 싶다. 생활의 중심과 동력이 다른 사람의 지시나 이목이 아니라 내가 원하는 것이었으면 좋겠다. 그게 뭔지 정확히 알아차리고 나를 존중하면서 살고 싶다. 내게 좋은 것을 먹이고 나를 행복하게 만들고 싶다. 이런 마음들이 커져 갔지만 어떻게 해야 그렇게 할 수 있는지 정확한 방법은 알 수 없었다. 출근하지 않는다고 그다음이 자동으로 따라오진 않았다. 회사에 가는 대신 집에서 정성껏 요리해 밥을 챙겨 먹고, 도서관에 걸어가서 느린 삶에 관한 책을 읽었다. 전국 방방곡곡을 돌아다니며 나와 다른 모습으로 사는 친구를 많이 만났다. 그래도 여전히 아득했다.

그러다가 귀촌이라는 선택지가 내 눈앞에 나타났다. 사는 곳이 달라지면 사람이 달라진다는 말도 있지 않나? 지금의 내 모습이 마음에 들지 않고 힘들기만 한데 정확한 원인을 알 수 없으니 일단 싫은 요소를 하나씩 제거해 보자. 출근길 지하철을 타지 않을 수 있다면, 지하철이 한강을 건널 때나 볼 수 있던 강과 하늘을 자주 볼 수 있다면, 덜 힘들게 일하면서 생활을 유지할 만한 벌이를 할 수 있다면 충분히 도전할 만했다.

도시가 아닌 시골에서라면 다른 방식으로 살아갈 수 있지 않을까, 시골에서 여유롭게 지내다 보면 다른 이들과 비교하거나 경쟁하면서 살지 않고 내가 원하는 속도와 방향으로 살아갈 수 있지 않을까 하는 기대가 생겼다. 정신없이 '살아지는' 삶 말고 충분히 '나다운' 삶을 살 수 있으리라고 막연히 생각했다.

아침이면 저 멀리 산과 들이 보이는 집에서 햇살을 받으며 일어난다. 새소리나 물 흐르는 소리가 들리면 금상첨화. 아침마다 맑은 공기를 실컷 마시면서 느긋하게 산책하고, 돌아오는 길엔 텃밭에서 한 끼 먹을 만큼 채소를 따 온다. 내가 먹을 걸 직접 길러 내면 뿌듯하겠지. 어제보다 잎은 몇 개가 더 났는지 키는 얼마나 더 자랐는지 관찰하면서 자연의 위대함을 만끽하고 나를 배불리 먹이고 살리는 고마운 땅과 작물에게 진심으로 감사의 인사도 전할 거다. 하늘이 보이는 창가에 앉아 있기만 해도 감격스럽겠다. 옆집 할머니가 음식을 나눠 주시면 휴대전화 문자 확인해 드리면서 친구가 돼야지. 음식하는 법이나 바구니 만드는 법도 배우고 싶다. 나 먹을 만큼은 농사도 지으면 좋겠는데 그러다 수확량이 많으면 다정한 편지와 함께 도시 사람들에게 팔아도 좋겠다. 매일 농사 일지를 온라인상에 작성해서 작물이 자라는 모습을 알리면 유명 인사가 될지도 몰라. 농사는 동네 어르신들에게 배울 수 있지 않을까. 관공서에서 귀농·귀촌인 대상으로 교육도 많이 하고 여러 가지 지원금도 나오는 것 같던데 방법이야 어떻게든 찾아지겠지. 마을의 빈집을 조사해서 연결해 주는 정책도 있을 거고, 말만 잘하면 공짜로도 살 수 있다던데. 도시에서 살 때보다 돈이 훨씬 적게 들겠지? 물가는 도시보다 쌀 테고 자급량을 늘리면 식비 지출도 줄일 수 있을 거야. 생활에 만족도가 높으면 스트레스를 푼다고 꼭 필요하지 않은데 쓰는 돈도 없을 거고. 농촌에 일손도 부족하다니 농사일을 비롯해 어떤 힘든 일이든 할 각오가 되어 있다!

시골 생활에 대해 흔히들 이런 환상을 품는다. 나라고 다르지 않았다. 하지만 가기만 한다고 생각하는 대로 살아지는 것도 아닐뿐더러 얼마 지나지 않아 그런 생활이 진짜로 내가 원하는 것이었나 되묻게 되었다. 막연하게 귀촌 하면 떠오르는 텃밭 농사·식량 자립·마을 생활·경제 안정·삶의 여유·자아실현은 거의 이루지 못했다. 사실을 직시해야 했다. 사는 지역을 바꾼다고 사람이 저절로 달라지지는 않는다는 차갑지만 엄연한 진실.

지금까지 전혀 관심이 없던 분야의 일이 시골에 왔다고 운명처럼 짠 나타나지도 않았다. 전부터 내 안에 있던 것들이 걸맞은 환경을 만나 싹을 틔운 쪽에 가깝다. 귀촌하고 나서 여러 가지 일을 했다. 카페 일도 전부터 해 보고 싶었는데 도시에서보다 더 엄두를 내기 쉬웠고 외국인에게 한국어를 가르치는 자격증을 땄으며, 젠더폭력 예방 교육 강사도 했고, 타로카드로 사람들의 마음을 읽고 대화를 나누는 일 등을 시도했다. 도시와 다른 생활의 여유 덕분에 새로운 것들이 내 삶에 자연스럽게 스며들기 쉬웠을 것이다. 여전히 삶이 불안하고 위태롭다고 느끼지만 사람들로 빽빽한 거리와 하늘을 가린 높은 빌딩 대신 저 멀리 산까지 보이는 논밭 풍경을 매일 보고, 강을 보며 걸을 수 있어서 마음이 한결 편해졌다.

나는 아파트에 살고 마트에서 장을 본다. 오순도순 마을에 모여 살지 않아서가 아니라 내가 원래 '이런 인간'이어서 옆집 할머니와 친구가 되지 못했다. 오히려 나한테 말을 거실까 봐 공손히 인사하면서 종종걸음으로 지나친다. 사무직·강사·카페 아르바이트 등 내가 했던 일 중에 농사와 관련된 건 하나도 없다. 야심차게 시작한 텃밭은 방치해 놓고 차마 가 보지도 못했다. 도시라서 할 수 없다고 생각했던 많은 일은 사실 도시여서가 아니라 내가 나여서 불가능했던 것이다. 도시에서도 농사를 짓고자 하면 주말 농장이든, 도시 농업이든 하면 된다. 그렇게 시작한 사람들은 농사에 대한 욕심과 애정이 점점 커져서 본격적으로 귀농을 하거나 도시에서 원하는 규모로 농사를 계속 짓는다. 나는 완주에 오기 전에 상자 텃밭 정도를 경험한 적이 있지만 성실한 농부는 못 되었다. 그래 놓고 귀촌을 하기만 하면 작물과 교감하는 농부가 될 거라고 욕심을 냈다. 그러곤 한 해 텃밭 농사를 망쳤다고, 나는 절대 농사를 못 짓는 종류의 인간이라고 성급히 결론지어 버렸다.

지금은 어렴풋이 안다. 농사를 짓고 싶은 마음도 농사를 지어 보는 경험도 서서히 차오르는 것일 테니 몇 번 더 경험했더라면 달라질 수도 있었겠다는 사실. 나 같은 인간은 절대 농부는 못 된다고 단정 지을 필요는 없다는 것도 말이다. 언젠가 기회가 닿으면 어떻게 될지 또 모른다.

주변 귀촌인 중에는 알아갈수록 신비한 자연에 감

동하는 사람, 동네 할머니들에게 한글을 가르치고 바구니 짜는 법을 배우는 사람, 귀농·귀촌센터에서 동네 어른들에게 농사를 배운 사람, 도시인들을 대상으로 농산물 꾸러미 사업을 안정적으로 하는 사람, 농사일 아르바이트를 나가는 사람이 있다. 아쉽게도 빈집을 공짜로 구했다는 사람은 아직 보지 못했지만 내가 막연히 기대했던 삶을 사는 사람이 실제로 있다. 그러나 그들이 그렇게 살고 있다는 사실이 나도 당연히 그렇게 살 수 있다는 뜻이 아니란 걸 이제는 안다.

어떤 선택에 자동으로 따라오는 결과란 없다는 사실을 알면서도 귀촌에는 특별한 무언가를 기대했던 것 같다. 귀촌한다고 해서 어느 날 갑자기 농사를 좋아하게 되지도, 잘 짓게 되지도 않는다. 낯을 가리는 사람이 시골에 왔다고 동네 사람들과 돈독한 정을 나누게 될 리도 없다. 생활비가 극적으로 줄어들고 돈 걱정도 하지 않길 바랐지만 그럴 수도 없다. 도시에서의 모습은 내가 아니고 귀촌하면 진짜 나답게 살 수 있을 거라는 생각이 가장 큰 환상이었다. 도시에 살든 시골에 살든 나는 '나'일 뿐이다. 전혀 다른 사람이 되고 싶어서 귀촌을 한 게 아니었다. 나답지 않게 만드는 환경을 피할 수 있는 쪽으로, 내가 원하는 곳으로 조금씩 방향을 틀었더니 지금 여기다.

    귀촌의 환상을 깨고 실상을 알려 주겠다고 쓴 책은 아니지만 남들이 덜 하는 슬픈 이야기를 많이 했다. 구체적인 현실의 어려움은 언급하지 않고 좋은 말만 하는 건 거짓말이니까. 나쁜 말만 하거나 마음에 없는 싫은 소리를 하는 것도 거짓말이니 내가 선택하고 유지하고 있는 나의 생활에 대해 진심으로 썼다. 헷갈리는 마음도 진심이라는 걸 이해해 주시길 바란다.

    2021년 가을
    이보현

들어가는 말 ··· 9

Ⅰ   비청년 비혼 1인 가구도 귀촌할 수 있을까

1   면접 보러 온 김에 출근하며
    귀촌해 보았습니다 ··· 23

2   아무나 들어가 살 수 있는 시골집,
    정말 구할 수 있나요? ··· 31

3   웬만하면 걸어서 출퇴근합니다 ··· 37

4   작은 텃밭도 가꾸며 사는 데 드는
    어마어마한 품 ··· 45

5   시골에서는 정말 돈 들지 않는 자급자족이
    가능한가요? ··· 53

Ⅱ   귀촌, 새로운 지역에 적응하고 살아가는 법

6   먼저 귀촌한 사람들의 이야기 ··· 63

7   나한테 맞는 지역이 따로 있나요? ··· 79

8   미리부터 텃세를 걱정하지 말 것 ··· 91

9   혼자 잘 지내는 삶과 사람들과 어울리는 삶
    사이에서 ··· 101

III 어디서든 혼자 살 수는 없다! 지역 커뮤니티에 적응하기

10 이 낯선 지역에서 여자 혼자? ⋯ 117

11 제 가계부를 공개합니다 ⋯ 127

12 시골 생활의 경제적 가능성 ⋯ 135

13 도시 밖에서 일자리 구하는 법 ⋯ 141

14 여전히 도시는 그립지만 ⋯ 151

15 내가 선택한 지역에서 지속 가능한 삶 꾸리기 ⋯ 157

나오는 말 ⋯ 167

Ⅰ

비청년 비혼 1인 가구도 귀촌할 수 있을까

1

{ **면접 보러 온 김에 출근하며 귀촌해 보았습니다** }

2015년 7월 하순경 완주군에 위치한 협동조합의 채용 공고를 발견했다. 회사 홈페이지도 아니고 구인 정보 사이트도 아니고 완주군 고산면에서 마을 기업 제품을 판매하는 편집 매장 운영자로 일하는 친구의 페이스북 타임라인에서였다. 월급날만 기다리며 사는 삶이 팍팍해서 회사를 그만두긴 했는데 아무리 돈을 쓰지 않는다고 해도 기본적인 생활에는 돈이 들었다. 돈을 벌지도 쓰지도 않는 방법을 궁리하며 실험하듯 살던 때였다. 없이 사는 데 적응하기, 남한테 신세 지기, 필요한 걸 직접 만들거나 가지고 있는 걸 변용해서 자급하기 등을 시도해 보았다. 그러다 이 친구 소개로 2014년 '전기와 화석연

료 없는 2박 3일 청년 캠프'에 참여했다. 에너지 자립에
도 관심이 많았으니 그 행사에는 꼭 참여하고 싶었다.

엄청 기대하며 찾아간 탓에 생각보다 더 실망했다.
깔끔한 진행을 좋아하는 내 입장에서는 망해도 이렇게
망한 행사가 없었다. 처음 만난 도시 출신 청년들이 도
착하자마자 요리 당번을 맡았다. 우왕좌왕 힘을 합쳐 나
무에 불을 피우고 밥을 짓고 국을 끓이며 친해지길 바
란 모양인데 재미없고 힘들기만 했다. 불을 다룰 줄 아
는 사람은 당연히 없었고 다들 이 모든 걸 직접 해야 한
다고 예상하지는 못했는지 내내 어색함과 불만과 불편
이 뒤섞인 기운이 떠다녔다. 화석 에너지에 의존하지 않
는 생태적인 자립 생활이 주제였으니 예상했을 만도 하
지만 전자레인지와 가스레인지가 없다고 매 끼니를 직
접 나무에 불을 지펴 해결해야 한다고 생각하기는 어려
웠다. 각종 흙먼지나 장작더미의 재 때문에 지저분하다
고 생각했던 건 아니다. 상황이 어수선했다. 환경이 불
편할 순 있지만 프로그램의 진행이 자연스러웠다면 이
렇게까지 실망하진 않았을 텐데 여기 참 일 못하네, 하
는 생각이 절로 들었다.

공교롭게도 지원하려는 회사가 바로 그 회사였다.
얼핏 듣기로는 당시 재직했던 유일한 여성 직원이 행사

가 끝난 뒤 얼마 지나지 않아 퇴사했다고 한다. 그 말에 나는 과연 다닐 수 있을까 걱정되었지만 회사는 나를 원할 거라는 희한한 확신이 강하게 들었다. 뽑아 줄지 안 뽑아 줄지 걱정하지 않고 내가 갈지 말지만 결정하면 된다는 자신감이 있었다.

언니와 같이 살던 서울의 작은 집, 그 집의 작은 방에서 매일 구인 광고를 들여다보면서 갈 곳이 없다고 한숨 쉬던 시절이었다. 과거의 내가 했던 일과 관련된 쪽으로는 영 가망이 없어 보였다. 특정 분야에서 진득하게 일한 경력이나 전문성도 없는 데다가 야금야금 나이만 먹은 것 같았고, 학력과 나이·성별을 제한하지 않는 일자리라도 내가 갈 만한 곳은 없어 보였다. 신입으로 가기엔 30대 후반이라는 나이와 경력이 과했고 경력직을 뽑는 자리는 엄두가 안 났다. 여성단체를 비롯한 시민사회와 사회적 경제 영역에서 두루두루 기획 일을 해 왔으니 어디서든 잘해 낼 자신이 있었지만 회사 쪽에서 보기엔 진득하게 한 군데 오래 못 다니는 인내심 없는 사람일 것이다. 뽑아만 주신다면 후회하지 않을 거라고, 그 자리에 내가 적격이라고 주장하고 싶었지만 그렇게 목소리를 내고 싶은 일자리가 보이지 않았다. 어디에 가나 결국은 재미없는 일을 하게 될 거고 석 달만 지나면 그만두고 싶어질 거라는 칙칙한 미래만 상상됐다. 고르고 골라 겨우겨우 입사 지원서를 썼지만 '보내기' 버튼을 차마 누르지 못한 적도 있다. 진짜로 다시 회사원이 될 자신이 있어? 여기 서울에서? 3개월 후, 6개월 후에 바로 그만두고 싶어질 텐데 괜찮겠어? 여러 번 묻고 또 물어도 자신이 없었다. 정말 하고 싶은 게 뭔지는 모르겠지만 절대 하기 싫은 게 뭔지는 알겠다.

지역에 가서 살아 볼까? 어디 가나 다 똑같은 일이라면 뭐라도 하나 흥미로운 구석이 있는 일자리에 도전해 보고 싶었다. 여행 다니며 좋은 인상을 받았던 단양이나 강릉의 일자리도 찾아봤다. 학원 강사나 특별한 기술을 요구하지 않는 사무직은 구할 수 있지 않을까. 지역 출신 청년들이 일자리를 찾아 큰 도시나 서울로 오는 것처럼 도시 생활이 버거웠던 나는 일자리를 찾아 작은 도시, 시골로 갈 생각을 했다. 이것조차도 진지하게 생각하지는 않았지만.

그러던 와중에 나를 뽑을 것이 분명한 채용 공고를 본 것이다. 혼자만의 생각일지라도 이런 느낌은 꽤나 오랜만이었다. 첫 인상이 별로 좋지 않았지만 한번 방문해 본 적 있는 회사에서 만난 적 있는 사람들과 내가 해 왔던 일들과 비슷한 일을 하는 자리는 강릉의 모르는 동네 편의점 아르바이트보다 판단을 내리기 쉬웠다. 친구에게 전화를 걸어 페이스북에서 채용 공고를 봤다고 하고 누가 그만둔 자리인지 확인했다. 1년 전 여성 직원이 그만둔 뒤에 중년 남성 둘, 청년 여성 둘, 청년 남성 한 명이 일하다가 몇 달 전 여성 직원 한 명이 퇴사했단다. 만약 이번에 난 자리가 마지막 남은 여자 분이 나가서 생긴 거라면 지원하지 않을 생각이었다. 다행히 그렇진 않았다. 그렇다면 해 볼 만하군. 낯선 지역에서 직장을 구했는데 함께 일하는 동료가 성별도 나이도 다른 남성뿐이라면 적응이 힘들 것 같았다. 전년도의 행사에서도 다양성에 대한 포용 감각이나 젠더 감수성이 뛰어나 보이지는 않았으니까.

무슨 일을 하는지 얼마를 주는지도 모집 공고에 나와 있지 않았지만 해 보기로 했다. 직장 생활이 다 거기서 거기겠지, 시골에서 살아 보는 건 처음이니까, 뻔하고 재미없는 회사 생활이라도 사는 곳이 달라지는 거니까, 어떤 일이 일어날지 모르니까, 그런 생각들을 하면서 지원을 결심했다. 집을 구할 때까지는 친구 집에서 지내면 된다. 드디어 나도 귀촌한다. 도시가 아닌 곳에서, 혼자서, 잠깐 머물다 떠나는 여행이 아니라 자리 잡고 일하면서 생활인으로 살아갈 날들이 기대됐다.

일주일 후 접수 마감일에 전화가 걸려 왔다. 일요일에, 그것도 담당자가 아닌 다른 사람 휴대전화였다. 업무일과 휴일, 공과 사의 구분이 모호한 회사 생활의 앞날이 그려졌다. 앞날이 어둡긴 해도 재미는 있을지 모른다는 기대를 애써 품었다. 면접 날짜를 목요일로 잡았다.

"서울에서 내려갔다 다시 올라오려면 번거로우니까 그냥 짐 싸서 내려가도 될까요?"

회사 편할 대로 일을 진행한다면 직원의 편의도 최대한 봐 줘야지. 나 같은 지원자를 뽑지 않을 리가 없다고 자신했다. 어쩌면 이런 불친절한 채용 공고에 지원한 사람이 나뿐인지도 모른다. 입사 후 메일함을 보니 다른 지원자가 한 명 더 있긴 했다. 귀농·귀촌에 관심 있는 사람도 늘고, 일자리 구하기는 점점 힘들어져서인지 이후로도 저런 말도 안 되는 채용 공고에 꾸준히 사람들이 지원했다.

근무지는 오래된 공장 건물을 적당히 리모델링해 구들을 놓거나 벽돌 난로, 용접 난로 등을 만드는 실습 교육장으로 쓰는 곳이었다. 작업 도구와 재료, 미완성처럼 보이는 제품과 방치된 이름 모를 작업물들이 여기저기 쌓여 있었고 드나드는 사람들은 아무렇지도 않게 아무 데나 쓰레기를 버렸다. 정확하게는 언젠가 치울 생각으로 특정한 곳에 모아 두는 것 같기는 했다. 그 특정한 곳이 너무 많고 여기저기 흩어져 있을 뿐. 원래 도시의 아파트는 건물과 주변 시설이 딱 떨어진 사각형이거나 정돈된 모양새라서 단정해 보이지만 시골집이나 오래된 동네의 단독주택은 여기저기 쌓인 짐도 많고 생김새도 제멋대로여서 자유롭고 정겨워 보인다. 하지만 매우 부지런하게 정리하지 않으면 금방 지저분해진다. 회사 분위기는 작년 행사 때와 비슷했는데 마치 집 정리에 소홀한 사람이 사는 오래된 시골집 창고 같았다.

　면접을 보러 간 날에서야 내가 담당할 업무에 대해 들었다. 적당히 행정 업무 지원하는 사무직일 거라 생각했는데 소식지를 발간하고 각종 홍보 업무를 담당할 사람을 찾고 있었단다. 내용 없는 공고를 보고도 지원한 내가 할 지적은 아니지만 왜 그런 얘길 채용 공고에 안 썼을지 궁금했다. 한 100만 원 주려나 싶던 월급도 생각보다 높았다. 하루라도 월급을 더 받으려고 다음 주 월요일 말고 금요일인 내일부터 출근하겠다 얘기 중이었는데 옆에서 지켜보던 조합원 한 사람이 서울에서 여기까지 내려왔는데 면접비를 줘야 하는 거 아니냐고 묻는다. 그래서 면접비 받는 셈 치고 당장 오늘부터

근무하기로 했다. 면접비를 받아야 하는데 일을 하라는 건 무슨 계산법인지……. 어쨌든 자리 잡고 일을 시작했는데, 나중에 생각해 보니 면접비를 하루치 임금으로 계산해 줄 요량이었다면 입사일을 그날로 하고 면접 후 나를 바로 퇴근시키면 되는 거였다. 딱히 할 일도 없는 면접자이자 채용 확정자를 퇴근 시간까지 잡아 놓지는 말았어야지. 그래도 재미있었다. 일요일에 전화를 받았을 때 입사 확정이라고 생각하긴 했지만 면접 보는 날 바로 일하게 될 줄은 몰랐다. 우왕좌왕 제멋대로여서 분명 좋은 점도 나쁜 점도 있을 테지. 생계 노동을 위한 직장 생활에 어마어마한 의미를 부여하지 않고 쓸데없는 기대도 실망도 하지 않는다면 그럭저럭 잘 지낼 수 있을 거 같다.

장기 여행을 떠나듯 아침 일찍 트렁크를 끌고 서울에서 고속버스를 타고 와 면접 겸 첫 출근을 했다. 퇴근길엔 친구와 함께 수영장에 들렀다가 국밥을 사 먹고 친구 집으로 갔다.

최근에 지나가다 슬쩍 들여다본 전 직장은 내가 다니던 때보다 꽤 정리정돈이 잘 되어 있었다. 앞에 서술된 내용은 제법 과거의 일인 데다 내가 느낀 첫인상일 뿐이다.

2

{ 아무나 들어가 살 수 있는 시골집,
정말 구할 수 있나요? }

당장 집을 구해야 했다. 머물 수 있는 친구 집이 있어서 무작정 내려오긴 했지만 취직도 된 마당에 반드시 집이 있어야 했다. 시골에 왔으니 도시와 똑같이 생긴 건물에선 살고 싶지 않았다. 논밭이 훤히 내다보이는 곳에 위치한, 조금은 불편해도 푸근한 농가 주택이면 좋겠다고 생각했다. 도시에 비해서 싸다 해도 매매나 전세를 구할 형편은 되지 않았고 여기에 언제까지 살지도 모르는데 덜컥 집을 살 수도 없었다. 아파트나 빌라 말고 시골집에서 월세로 살고 싶다고 말하니 이제 막 동료가 된 40대 비혼 남성이 이렇게 말했다.

"시골집 좋죠, 근데 여자 혼자 살기 생각보다 만만

치 않아요."

발끈해서 내가 잘 살아 내는 모습을 보여 주고 말리라 결심했지만 어떻게 해야 하는지는 알 수 없었다. 마을 주민으로 잘 살아 가기는커녕 마을 주민이 될 수 있는 방법도 몰랐다. 직장 동료나 먼저 귀촌한 사람들에게 물어봐도 집 구하기가 힘들 거라는 말만 할 뿐 뾰족한 수를 알려 주거나 집을 소개해 주는 사람은 없었다. 내려온 지 3년이 넘어가는 친구는 모호하게 '집을 구하고 다닌다고 여기저기 소문을 내야 한다'고 말했다. 그러다 보면 누군가 집을 소개해 준단다.

논밭 가까운 데 자리한 농가 주택에서 마당에 꽃밭과 텃밭을 가꾸며 살고 싶었지만 지역에 아무런 연고도 없고, 자동차도 없고, 게다가 남편도 아이도 없는 내가 그런 집을 구하기란 그 모든 것을 당장 만들어 내는 것보다 어려운 일이다. 시골 마을에서는 어느 집에 누가 사는지 다 알고, 평생 서로 긴밀한 관계를 유지하면서 살기 때문에 동네에 어떤 사람이 들어오는지가 굉장히 중요하다. 집이 비어 있어도 아무에게나 빌려주거나 팔지 않는 이유도 그 때문이다. 그래도 적극적으로 직접 마을을 돌아다니면서 동네 사람들과 안면을 트고 귀농 귀촌을 지원하는 행정기관의 도움을 받으면 실낱같은 기회가 오기도 하는 모양인데 나는 그만한 주변머리가 없다. 마을 사람들의 지나친 관심을 받기도 싫고 안전에 대한 걱정도 컸다. 일단 지역 생활정보지를 중심으로 집을 알아보기 시작, 하려고 했으나 너무 귀찮아서 우선 결심만 했다. 전북 일대에서는 『번영로』라는 생활정보지에 광고가 주로 난다고 했다.

내려온 날부터 친구 집 거실에서 살았지만 전에도 며칠씩, 길게는 한 달 동안 지낸 적도 있어서 전혀 불편하지 않았다. 회사까지 한 번에 가는 버스도 있고 가끔 친구 차를 얻어 탔다. 친구에게 또 신세를 지면서 집을 보러 다녔다. 집을 구하는 나만의 기준 같은 건 없었다. 서울에서도 혼자 집을 구해 본 경험이 없어서 결정하기가 어려웠다. 나는 귀촌도 처음, 독립도 처음이었다. 경험으로 얻은 생활의 지혜가 없으니 이제부터 수업료를 내고 배워야 한다는 마음으로 그냥 해 보기로 했다. 정신이든 기준이든 없으면 없는 대로.

회사 사람들과도 집을 보러 갔다. 회사 근처에는 마땅한 식당이 없어서 점심시간마다 모두 한 차를 타고 10킬로미터 떨어진 읍내로 나가는데, 그 김에 들렀다. 남의 일에 훈수 두고 가르치는 걸 좋아하는 중년 남성들이라 재미있는 상황이 펼쳐졌다. 월 관리비는 얼마나 나

오는지 물어보고 장판과 벽지, 베란다 창틀까지 꼼꼼히 살펴보며 계약하게 되면 이런저런 부분들을 고쳐 줘야 한다며 집주인에게 으름장을 놓았다. 고마웠다. 동료들이 집에 대해 대신 판단해 주진 않았지만 와글와글 여럿이 집을 보고 집주인을 만난 게 든든해서 어지간하면 그 집으로 하고 싶어졌다. 실은 다른 집을 더 본다고 해도 뭐가 뭔지 잘 모를 테니 그냥 두 번째로 본 집을 계약하기로 했다. 분명 첫 번째 집보다는 마음에 들었다.

차도에서 멀찌감치 떨어져 조용했고 산을 바라보고 있어서 한적한 데다 전망이 좋았다. 보증금 300만 원에 월세는 25만 원인 원룸 아파트고 전용면적은 10평 정도로 꽤 넓다. 지역에 가면 월세가 한 달에 5만 원도 안 한다더라, 공짜로 살 수 있는 빈집이 많다더라 등 출처가 명확하지 않은 소문은 많고 많은데, 나처럼 지역에 아는 사람도 별로 없고 사람들과 쉽게 가까워질 요령이 없는 이라면 평범하게 부동산이나 생활정보지, 관계 기관의 공적인 절차를 통해 집을 얻는다. 그런 집들은 주로 읍내의 아파트나 빌라다. 생각보다 월세가 아주 저렴하지는 않은데 도시의 원룸보다는 넓은 편이다.

한 가지 걸리는 건 명의자가 내가 만난 집주인이 아니라는 점이었다. 공인중개사에게 가지 말고 명의자는 아니지만 주인인 자기와 직거래 하자고 해서 얼떨결에 그러겠다고 했는데 계약해도 되는 건지 걱정이 많아졌다. 시골에서는 많이들 중개사 없이 계약한다고, 집주인이 자기 동생이니 가족관계증명서로 본인 확인을 시켜 주겠다고 했다.

'설마 보증금 300만 원 떼먹히겠어, 괜찮겠지. 월세 장사 하고 싶어서 집 샀다는데. 그리고 300만 원 가지고 인감증명이니 하는 것도 좀 그렇잖아. 그리고 이미 알았다고, 중개사에게 안 가도 된다고 말도 했는데 이제 와서 다시 가자고 하기도 좀 그렇잖아. 시골에서는 직거래도 많이 한다는데 괜찮을 거야. 괜찮을 거야.'

원칙대로 하자면 인감도장이 찍힌 위임장을 가지고 와야 하는 건데 그렇게 해 달라고 말을 꺼낼 수 있을까. 계약서를 꼼꼼히 읽고 내가 원하는 집수리 요청 사항도 특약에 포함시켜서 손해 보지 않는 계약을 할 수 있을까. 집주인을 만나 계약서를 쓰면서도 계속 마음이 불안했지만 역시나 나는 별말 못했다.

주변의 도움을 제법 받았지만 선택과 감당은 결국 내 몫이라는 단순한 사실을 시간이 지날수록 다시금 확인하게 된다. 이 집으로 하겠다는 결정, 집주인과의 협상, 미처 확인하지 못한 것들까지. 내가 할 일을 다른 이에게 미룰 수 없고 왜 그때 이건 알려주지 않았냐고 원망할 수도 없다. 들어오기 전에 겨우 용기 내어 몇 가지 수리를 요청했는데 살다 보니 그때 놓친 것들이 보였다. 베란다 바깥 창 방충망이 덜렁거려서 모기가 들어오고 화장실 문이 꽉 닫히지 않지만 이사 가는 날까지 그대로 지냈다. 해결해 달라고 집주인에게 전화하는 게 훨씬 더 어려웠다. 모기는 잡고 화장실 문은 열어 놓고 살았다. 다행히 집주인은 나쁜 사람은 아니었다. 세면대와 보일러가 고장 났을 때도 따지지 않고 수리해 주었고 이사 나올 때 관리비에 포함되어 집주인 대신 납부했던 장기수선충당금도 환불해 줬다. 방충망은 망가진 채로 살았지만 모기 때문에 큰 고생을 하진 않았다. 에어컨 없이 지내야 하는 여름에는 모든 문을 활짝 열어야 시원하니 닫으나 마나 한 방충망까지 열어젖히고 바람을 만끽했다. 불을 모두 끄면 모기도 벌레도 오지 않았다.

3
{ 웬만하면 걸어서 출퇴근합니다 }

출근은 걸어서 하고 퇴근은 동료의 차를 얻어 타거나 버스를 탔다. 처음에는 길을 잃고 헤매느라 한 시간 넘게 걸렸지만 다닐 만한 거리다. 시골에 살면서 자가용 없이 살 수 없다는 말을 하는데 나는 회사와 집만 오가는 데다 걸어 다녔기 때문에 차가 필요하진 않았다. 걷기 좋아하고 걷고 싶었고 또 지나는 길이 아름다워서 걸어 다녔다. 그것 말고는 뾰족한 수가 없기도 했다. 읍내와 거리가 멀진 않았지만 집 앞으로 지나는 버스가 거의 없고, 회사까지 바로 가지도 않았다. 아파트 단지 입구로 8시 5분쯤 오는 버스를 타면 돌고 돌아 40분쯤 회사에 도착하는데 그럴 바엔 50분 동안 아름다운 풍경 속을 걷는 게 나았다.

아침에 일어나 걸어서 출근하고 퇴근해서 잠든다. 귀촌 생활이 이렇게 만족스러울 수가 없다. 아침부터 저녁까지 모든 순간이 평화롭다. 밤새도록 영업하는 가게들의 불빛, 문을 닫은 건물에서도 켜 놓는 등, 가로등과 도로 위 자동차들의 불빛이 불야성을 이루는 도시와 달리 여기는 해가 지면 바로 밤이다. 겨울에는 5시 반만 되어도 캄캄하다. 퇴근하고 집에 와서 저녁을 먹고 나면 8시, 밖에 나갈 일도 없고 특별히 해야 할 일도 없어서 일기 쓰고 휴대전화로 사람들 사는 얘기를 기웃거리다 보면 잠이 온다. 빠른 날은 8시 반, 보통은 9시, 늦으면 10시에 잠이 든다. 그러면 당연히 아침 기상 시간이 빨라진다.

일찍 자고 일찍 일어나면 아침에 쓸 수 있는 시간이 많아져서 전이라면 저녁에 했던 일들을 아침에 한다. 저녁 9시에 자고 새벽 5시에 일어난다고 '시골형 9 to 5 생활'이라 이름도 붙였다. 일어나자마자 베란다에 앉아 논밭을 바라보며 천천히 커피를 내려 마시고 정성껏 요리해 아침밥을 챙겨 먹고 도시락을 싸고도 시간이 남는다. 그러면 그 시간에 혼자서 집에서 할 수 있는 모든 일을 한다. 책 보기, 일기 쓰기, 편지 쓰기, 그림 그리기,

바느질하기. 방바닥을 손걸레로 닦고 손빨래를 하고, 쓰레기를 내놓고 간단한 집수리도 한다. 그러고도 시간이 남아서 낮잠 같은 아침잠을 다시 잘 때도 있다.

8시쯤 신발 끈 단단히 묶고 회사를 향해 출발한다. 강둑길, 마을 길을 굽이굽이 지나 부드러운 바람을 만끽한다. 길에서 마주치는 어르신들께도 인사하고 강아지·고양이·소·닭·오리도 만난다. 찬란한 생활이다. 시간이 지날수록 처음처럼 모든 순간 모든 장면 앞에서 감동하지는 않지만 멀리 보이는 산등성이, 잔잔하게 흐르는 강물, 꽃과 나무는 여전히 큰 기쁨이다. 해가 뜨면 자연스럽게 잠에서 깨고 해가 지면 잠든다. 일어나려고 애쓰지 않아도 자연스레 눈이 떠지니 꼼지락꼼지락 몸이 깨어난다. 자연 가까이서, 자연과 함께, 자연을 거스르지 않으며 살아가니 모든 게 자연스럽다. 자연. 천천히 소리 내어 말하는 것만으로도 기분과 마음이 맑아진다. 생활이 자연스러워지면 삶의 매 순간이 충만하다. 하기 싫은데 억지로 하는 일 없이 물 흐르듯 자연스럽게 잠들고 일어나고 먹고 걷고 일한다. 일은 하기 싫어질 때가 많지만 끝이 있으니까 퇴근하면 다시 자연을 통과해 집에 온다.

집 앞 큰길 건너 읍내에는 버스가 더 많이 다닌다는

것도 알게 되어 버스 이용이 한결 편해졌다. 동네 사람들을 졸졸 따라다니면서 아파트 쪽문으로 이어지는 지름길도 발견했다. 그래도 운동도 하고 버스비도 아끼고 아침에 아름다운 길을 보려고 아주 추운 날을 빼곤 주로 걸어서 출근했다. 걷다가 눈비가 너무 거세져서 출근길 동료에게 전화로 구조를 요청한 적도 있지만 걸을 수 있는 마지막 날까지 걸었다. 날이 풀리고 나서는 자전거로 출퇴근했다. 자전거로는 20분도 안 걸린다. 버스보다 완벽하게 빠르다.

　가끔 읍내에서 버스를 타고 다른 동네에도 가고, 인근 도시에도 나갈 일이 생기는데 서울에서처럼 자정 넘어서까지 지하철이나 버스가 다니는 게 아니니 9시부터 막차 시간을 계산하면서 안절부절못한다. 게다가 늦은 밤 버스를 타면 승객이 적어서 차가 굉장히 빨리 달린다. 도시처럼 불빛이 가득한 길이 아니라 앞뒤 양옆 모두 캄캄한 어둠 속을 달린다. 읍내 정류장에 내려도 늦게까지 영업하는 가게가 거의 없으니 밤 한가운데 뚝 떨어지는 기분이다. 어둡고 조용하고 조금 무섭다. 가로등도 변변찮다. 시골의 밤은 원래 밤이 그러하듯 잠들기에만 좋다.

　지역으로 이주했는데 자가용을 당장 마련할 계획

이 아니라면 그나마 대중교통을 이용하기 편한 읍내 쪽에 집을 구해야 한다. 마트나 식당, 우체국, 은행을 걸어갈 수 있어야 한다. 부득이한 경우 택시를 이용하려면 회사(차부)나 기사님에게 직접 전화를 걸어야 하는데 요즘 읍내에서는 카카오택시도 이용할 수 있다고 한다. 세상 좋아졌다!

귀촌 후 6개월은 마냥 좋았다. 회사 생활은 예상대로 좋지도 나쁘지도 않았지만 매일매일 맞이하는 아침과 밤에 감격했다. 누구를 만나지 않아도 별다른 일을 하지 않아도 한적한 여행지에 온 것처럼 행복했다. 그러나 이상하리만치 고요한 시간은 평화롭지만 때때로 외롭다. 눈물 나게 아름다운 아침이 있으면 가슴 시리게 고독한 밤도 자연스레 만나게 된다. 친구가 머물다 떠난 날엔 더욱 그랬다. 보일러 돌아가는 소리, 냉장고 소리, 창밖의 바람 소리가 유독 크게 들린다. 잠이 오지 않을 때, 혼자 있기 싫을 때 밤은 지나치게 길다. 꼬박꼬박 쓰던 일기도 미루고 어서 빨리 잠들어 버리고 싶은 밤, 깔깔거리며 중요한 내용 따윈 없는 대화를 하고 싶어서 전화기를 만지작거리다가 억지로 잠을 청하는 밤, 결국 뒤척이다 잠들지 못하고 일어나 새벽까지 깨어 있는 밤. 고즈넉한 사위가 그날따라 막막하게 느껴졌다.

밖은 어둠뿐이다. 산책을 나갈 수도 누구를 불러낼 수도 없다. 밤이 늦었기 때문만은 아니다. 7시밖에 안 되었다 하더라도 이미 무언가를 하기엔 여기선 너무 늦은 시간이다. 해가 지면 바로 밤이 시작되기 때문에 외로운 밤이 너무 일찍 찾아온다. 읍내 번화가 가게들도 저녁 장사를 거의 하지 않는다. 사람도 차도 다니지 않는 적막한 시간이 도시에 비해 일찍 찾아오는 것이다. 외로운 밤이 쌓인다. 쓸쓸하다. 앞으로 이런 날이 더 많아질 것을 알기에 슬픔이 조금 더 커진다. 작은 소리에도 깜짝 놀란다. 평소에도 이렇게 천장에서 바스락거리는 소리가 들렸던가. 엘리베이터 소리는 오늘따라 왜 이리 큰가.

도저히 이대로는 안 되겠다 싶었던 어느 날 큰맘 먹고 다른 동네에 사는 친구 집에 놀러가기로 했다. 퇴근 후 버스 오는 시간을 기다렸다가 정류장으로 달려갔다. 친구를 만나 식사를 하고 낯설고도 반가운 마음을 따뜻하게 녹여 이야기라도 나눌라치면 막차 시간이 얼마 남지 않았다. 아쉽지만 버스를 타고 집에 가려면 서둘러야 한다. 자가용이 필요하다는 말은 이래서 하는 거구나. 친구는 동네에 함께 술을 마실 사람이 여럿 있어서 잘 지내는 듯했다. 혼자가 편하고 좋지만 언제까지나 혼자이고 싶지는 않으니 나도 귀촌한 사람들이 많이 사는 곳에 집을 얻을 걸 그랬나. 집을 구할 때는 주위에 어울릴 만한 친구가 있는가, 어떻게 어울릴 것인가 미리 생각해 보면 좋겠다. 도시에서도 그렇지만 가까이 산다는 이유만으로 친구가 될 수는 없을 테니까. 후에 자동차가 생기고 나서도 외로운 밤에 쉽게 나서지는 못했다. 시골의 밤은 지독히도 검고 무거워서 헤쳐 나가기가 어려웠다.

귀촌 후 6~7년을 한결같이 일찍 자고 일찍 일어났던 건 아니다. 직장 생활이 지겨워졌을 때는 8시 25분까지 이불 속에서 가기 싫어를 외치다가 겨우 지각을 면했고, 앞날에 대한 불안과 두려움 때문에 새벽까지 잠 못 이루던 백수 시절에는 낮밤이 바뀐 생활을 했다. 컨디션이 좋은 시절에는 새벽에 달리기도 했지만 그건 그때의 상황이었을 뿐 귀촌한다고 자연인의 생활 리듬으로 완전히 바뀌는 건 아니었다. 그래도 도시에 살 때보다 내가 삶의 주도권을 가지고 있다는 느낌이 훨씬 강했다. 타인들, 밀도 높은 건물과 차, 한시도 멈추지 않는 소음 같은 외부 자극이 덜하니 마음이 갑갑하다고 해도 도시에 살던 시절의 갑갑함과는 다르다. 외로움의 종류도 다르다.

4
{ 작은 텃밭도 가꾸며 사는 데 드는
어마어마한 품 }

6월은 양파를 거두는 때인가 보다. 양파가 가득 든 빨간 망들이 길가에 잔뜩 쌓였고 공무원들이 일손을 도우러 갔다는 뉴스도 보인다. 아침 출근길에 외국인 여성들이 어디론가 향하는 걸 본다. 그들도 양파 밭으로 가는 걸까. 제철 채소라는 말이 무색할 만큼 언제든 마트에서 뭐든 살 수 있는 세상이라 어떤 작물이 언제 나는지조차 모른다. 농촌 지역에 이렇게나 오래 살아도 마찬가지다.

시골에 산다면 응당 자기 먹을 채소는 직접 길러 먹어야지! 귀촌 후 첫 봄에 야심차게 아파트 단지 내 공동 텃밭을 신청했다. 5평에 2만 원, 회사 동료와 함께 10평을 얻었고, 1년 내내 밭을 이용할 수 있다. 토마토·가지·오이·상추·고추 등 모종은 한 주에 1천~2천 원 사이로 넉넉잡고 5만 원만 텃밭에 투자한다면 이론상으로는 1년 내내 기본 채소들을 배불리 먹을 수 있다. 텃밭 농사라도 고수들은 그렇게 할 테지만 나 같은 초보 농부는 그냥 가만히 두어도 잘 자라는 천 원짜리 상추 모종에서 두세 번 정도만 수확해 먹어도 성공이다. 초보일수록 혼자서는 힘드니 밭만 분양받는 공동 텃밭보다는 지역의 고수들과 함께 하는 작목반에 참여하는 편이 좋다. 일주일에 한 번 밭에 나가 공동 작업을 하고 계절별로 밭에서 나는 각종 채소를 자급할 수 있다. 당시 나는 작목반의 존재도 몰랐고 농사 선생님으로 모실 만한 분도 없어서 관리사무소에서 주관하는 텃밭을 일단 시작해 보기로 한 거였다.

관리사무소에서는 두어 차례 공동 작업이 있다고 했다. 아파트에서도 나름 마을 공동체 구축을 위한 사업을 벌이는 거라 사람들이 함께 모여서 무언가를 하기를 바랐고 식사도 제공해 주었다. 실제로도 혼자서 할 수 없는 작업을 한날 함께 하는 게 효율적이었다. 한 번 참석해서 작년에 이용한 사람들이 제대로 처리하지 않은 멀칭 비닐과 지주를 걷어냈다. 두 번째는 거름주기와 로타리 작업이었는데 못 갔다.

'로타리 친다'는 말을 들어본 적은 있는데 정확히 뭘 말하는지 몰라 인터넷에서 찾아봤다. 트랙터나 경운기·관리기 등 작업 기계로 땅을 갈고 파종할 수 있게끔 모양을 만드는 일이란다. 갑자기 '갈다'라는 말이 어색하게 들려서 국어사전을 들춰 봤더니 쟁기나 경운기 따위로 논밭의 땅을 파서 뒤집는다는 뜻이다. 농사도 글로 공부하고 있는 내 모습이 우습다. 주변에 농부들 많을 텐데 물어볼 사람이 없어 농사짓는 법을 인터넷으로 찾아봤으니 민망하긴 하지만, 부끄럽지는 않다. 지금 당장은 물어볼 사람도 아는 농부도 없다. 게다가 난 부끄러움을 잘 타고 낯선 사람하고 말을 잘 못하니까 누가 있어도 물어보기 힘들 거다. 내가 어떤 사람인 줄 알고 인정하면 남과 비교하여 왜 그런 것도 못하냐며 스스로를 다그치거나 실망하지 않을 수 있다. 힘들고 어려운 과정이지만 이걸 거쳐야 나를 미워하지 않고 내게 맞는 삶의 형태와 방향을 찾을 수 있다. 그러려고 귀촌을 한 거니까. 느긋하게 내 모습을 발견하고 인정하려고, 진정으로 내가 원하고 할 수 있는 일을 찾으려고. 농사 용어 하나에서도 나다움에 대한 사유로 이어지는 이곳의 생활이 사랑스럽다.

동네 토종 씨앗 모임에서 판매하는 고추와 오이·

호박 모종을 지난 마을 장터 때 사 두었다. 읍내 종묘상에서 파프리카·가지·미니양배추 모종을 더 샀고, 아는 분이 토마토와 양배추·브로콜리 모종도 나눠 주셨다. 종묘상의 간판은 농약사인 경우가 많다. 농약을 파는 가게에서 씨앗과 모종을 판다는 사실이 이상해 보였지만 이미 농약 회사가 종자 시장을 장악하고 있다고 한다. 농약을 쳐야만 잘 자랄 수 있는 씨앗을 팔고, 그 씨앗은 한 해밖에 살지 못한다. 다음 해에는 다시 씨앗을 사야 하는 식이다. 자연스러운 농사는 씨앗을 받아 보존했다 다음 해에 그 씨앗으로 농사를 짓는 것이었는데 그 사이 인위적으로 시장이 들어선 것이다. 다행히 토종 씨앗 보존을 위해 노력하는 농부들이 있다. 종묘상에서 모종을 사기는 하지만 지구를 오염시키는 일은 최소한으로 하게 농약은 치지 않고, 비닐을 쓰지 않는 퍼머컬처● 방식으로 농사를 짓겠다고 다짐했다.

　텃밭 농사 경험이 있는 친구를 불러내 모종을 심었다. 호미와 낫·물뿌리개도 샀고 언니가 비오는 날 신으라고 선물해 준 패션 장화도 그날 처음 신었다. 설레기도 하고 걱정도 되지만 알아서 자라 주겠지. 태평 농법이니 방치 농법이니 하는 말도 있으니까. 농사는 하늘이 짓는다고 하지 않나. (아니다.) 날씨가 중요한 요소이긴

● permanant(지속성) + agriculture(농업) + culture(문화). 지속 가능한 농업에 기초한 생태 문화.

하지만 작물은 농부의 발걸음 소리를 듣고 자란다. 부지런히 애정과 관심을 기울여야 하고 할 일이 많다. 방치하는 것도 나름의 계획과 작전이다. 추상화가 쉬운 것 같지만 기본이 탄탄해야 그릴 수 있는 것처럼. 농부는 묵묵히 자기 일을 하고 날씨가 제 편이길 바랄 뿐이다. 더 정확하게는 날씨에 맞게 농부의 일을 해 나가야 한다. 그런데 나는 두 달이 지날 때까지 밭에 딱 두 번 나가 봤다. 무계획적 방치이자 단순 게으름이었다. 물뿌리개와 호미는 모종을 심던 날 한 번 사용하고 그날 이후 그대로 베란다에만 있었다. 풀을 베려고 산 낫은 꺼내 보지도 않았다.

　밭에서는 수확을 목적으로 심은 작물보다 잡초가 훨씬 많이 빨리 자란다. 제초제도 뿌리고 비닐을 덮어 멀칭도 하지만 부지런히 잡초를 뽑아야 한다. 내 밭은 잡초와 작물이 뒤섞여 무엇을 심었는지도 알아볼 수 없는 상태가 되었고 부끄럽고 두려워서 밭에 나가 볼 엄두가 나지 않았다. 마지막으로 밭에 갔을 때 고추 두 개를 수확해서 먹었는데 그 뒤로는 모르겠다. 누가 뭐라고 하는 것도 아닌데 밭을 마주치는 것만으로도 죄스러워서 집에 오는 길에 일부러 빙 둘러서 돌아온다. 어쩔 수 없이 옆을 지날 때면 고개를 돌린다. 장마가 시작되면 나는 더 적극적으로 밭을 외면할 것 같다.

밭에 나가는 것이 왜 두려울까? 해 보지 않아서 잘 모르는 일이라, 못할 게 분명한 일이라 피하는 것 같다. 혼자 여행도 잘 다니고, 연고 없는 지역에 이렇게 귀촌하는 것처럼, 도전을 무모하게 하는 편인데 뭐는 할 수 있고 뭐는 못 하는지 잘 모르겠다. 농사일 같은 경우, 누가 보고 있으면 더 못할 게 뻔하니까 아무도 없는 시간에 밭에 가고 싶다. 남들과 비교되는 게, 못한다고 한소리 듣는 게 싫고 두렵다. 그나마 누군가와 함께라면 엄두를 낼 수 있어서 친구와 같이 시작했던 건데 밭을 돌볼 땐 혼자 해 내야 하니 숨어 버린 거다. 이웃 농부에게 배우며 텃밭을 일구려던 농부 지망생은 이렇게 타고난 대로 작물을 외면하게 되었다. 어쨌든 텃밭을 통해 내가 어떤 사람인지 거듭 확인했으니 이제 다음 단계는 그래서 어째야 하는지 방법을 찾는 거다. 방치된 텃밭은 2차로 김장용 배추와 무를 심을 때 다른 사람에게 넘기는 걸로 마무리 지었다. 이래 놓고 시골 마을에서 이웃과 오순도순 살 기대를 품었다니 자신을 몰라도 한참 몰랐다.

텃밭 실패 이후 나는 절대 농사를 지을 수 없는 종류의 인간이라는 꼬리표를 한참 붙이고 다녔다. 한번 해

봤으니 농사에 재능도 관심도 없는 걸 알게 되었다고 생각했다. 몇 년 후 다니는 회사에서 옥상에 상자 텃밭을 꾸릴 때도 참여하지 않았는데 초록색 작물들이 자라는 모습을 지켜보는 일은 여전히 신비롭고 즐거웠다. (게다가 먹을 수도 있어!) 농사, 다시 지어 보고 싶은데? 한 번 경험으로 다 알 수 있는 것도 아니고 실력은 서서히 키워 갈 수 있다. 남들보다 훨씬 느릴 수도 있고, 관심의 방향이 다르기도 할 것이다. 또 실패해도 다시 쉬운 것 부터 도전해 봐도 좋을 터, 언제든 시작할 수 있다. 흙은 아직 가까이 있으니.

{ 시골에서는 정말 돈 들지 않는 자급자족이 가능한가요? }

귀촌 직후 아직 가구는커녕 생활 가전도 들이기 전이었다. 냉장고가 없어서 무작정 뭘 사면 안 됐다. 매일 퇴근길에 간단히 먹을 걸 조금씩 샀다. 어느 날 사무실 텃밭에 고구마가 영글었다며 직장 동료가 고구마 두 개를 캐다 주었다. 오호라, 오늘 저녁은 저 녀석이다. 넉넉히 캐와서 내일도 먹어야겠다. 이런 나를 보고 엄마는 저녁 사 먹을 돈이 없어서 남의 밭에서 고구마를 캐 먹냐며 안쓰러워하면서, 그동안 돈 안 벌고 뭐했냐고 한심해 한다. 솔직히 내가 가진 돈이 많지는 않지만 그 정도는 아니에요, 엄마. 절약이 몸에 배기도 했고 인스턴트 음식이나 매식으로 끼니를 때우기 싫을 뿐이다. 할 수만 있다면 매끼 집에서 해 먹고 채소 정도는 텃밭에서 직접 기르고 싶다. 텃밭 농사를 실패하면서 농사 체질이 아니라는 결론을 내리긴 했지만 그래도 먹을 걸 사 먹기만 하는 건 거부감이 든다. 얻어먹는 것도 좋다. 아녜스 바르다 감독의 영화 「이삭 줍는 사람들과 나」에 보면 유통기한이 지나 폐기되는 음식을 찾아다니는 사람, 주인이 수확을 마친 밭에서 작물을 주워 오는 사람, 마켓이 정리되고 난 뒤 버려진 식품을 챙겨 오는 사람들이 나온다. 얻어먹고 주워 먹는 식생활에는 환경을 생각한다는 나름의 자부심도 있다.

귀촌하기 전 4년 정도 고정적인 수입이 없는 채로 살았다. 프리랜서라고 하기에는 적극적으로 일을 하지 않았고 백수라고 하기에는 마냥 돈을 쓰기만 한 건 아니었다. 노매드로 살고 싶다는 거창한 목표를 세우진 않았지만 직장 생활을 하지 않고도 살 수 있는지 실험해 보고 싶었다. 나는 시간과 장소의 제약 없이 일할 수 있는 특별한 기술을 가진 사람은 아니니까 장기 여행자처럼 일의 종류를 가리지 않고 할 수 있는 일은 다 했다. 경비를 줄이려고 돈을 내지 않거나 적게 내는 공간을 찾아다니며 살았다.

자연스럽게 돈을 아껴 썼고 회사에 다니지 않으

니 시간이 많아져서 많은 것들을 직접 했다. 다른 사람의 시간과 노동을 거치지 않으면 가격이 그만큼 내려간다. 카페에서 남이 내려 주는 커피보다 내가 직접 내리는 커피가 싸고, 생두를 사다 직접 로스팅하면 더 싸다. 샴푸를 쓰지 않고 머리를 감아 보는 것이 유행하던 때에는 환경과 머릿결을 생각하는 마음에 더해 비용을 줄이려고 1년 넘게 물로만 머리를 감은 적도 있다. 여기저기 돌아다닐 일이 많으니 짐도 간소해져 장점이 많았다. 일석이조였다. 직접 커피를 만들고, 팥빙수를 해 먹고, 그러다 돈을 받고 팔기도 하고, 직접 노래를 만들고, 책을 만들고, 할 수 있는 많은 것들을 직접 하면서 살았다. 그렇지만 최소한의 생활을 유지하려고 해도 꽤 많은 돈이 필요했고 다른 방법을 모르니 다시 직장인이 되어 돈을 벌어야만 했다. 전보다는 덜 괴롭게 회사 생활을 하고 싶어서 귀촌이라는 요소를 더했다.

돈을 벌기 시작했지만 돈에 매이는 생활을 하고 싶지는 않다. 돈만 생각하며 힘든 시간을 버티고, 그 스트레스를 풀기 위해 돈을 쓰고, 그 돈을 다시 벌기 위해 괴로워하는 생활로 돌아가지는 않을 것이다. 돈을 많이 못 벌더라도 돈의 주인이 나임을 확실히 하고 싶다. 야, 내가 언제든 먼저 네 손을 놓을 수도 있어. 너 없이도 나

살 수 있거든. 까불지 마! 그러려면 내가 우위에 서서 주도권을 가져야 한다. 돈 없어서 돈 벌러 간 주제여도 돈으로부터 자유롭고 싶었다. 돈이 너무 없는 채로는 불안해서 그런 감각을 갖기 어려울 테니 지금이 딱 좋다. 그래서 어지간한 것들은 사지 않고 해결하려고 노력했다. 없는 데 익숙해지거나 줍거나 얻거나 직접 만드는 방법 등을 통해서.

회사에서 폐목재를 활용한 목공 수업을 열었고 나도 참여해서 신발장을 만들기로 했다. 혼자 끙끙대고 있으니 주변에서 너도나도 나서서 도와준다. 나는 신발장이 필요한 것일 뿐 꼭 내가 직접 만들어야 하는 건 아니라서 가만히 보고만 있었다. 만든 이가 붙인 이름은 임시방편 신발장. 옆에서 구경하던 직장 동료들은 내가 관심이 있든 없든 1년 안에 무너진다는 둥, 아니다 신발은 가벼우니까 괜찮을 거라는 둥 말을 보탰다. 점심 먹으러 나가는 길에 회사 트럭에 싣고 가서 집에 두고 왔다. 이로써 목적 달성. 내 신발장은 회사 워크숍에 참석한 교육생들과 강사, 우리 회사 사람들이 힘을 합쳐 만들었다. 도시에서도 가는 곳마다 얼추 비슷한 사람들이 모이고 여기서 본 사람 저기서 또 보는 일이 다반사였는데 시골은 생활 반경이 좁고 사람 수도 훨씬 적으니 그런 일이 더욱 잦다. 교육 프로그램이나 행사에 가도 다 아는 사람, 그냥 길을 걸어도 아는 사람, 장을 보러 가도 아는 사람이다. 내 신발장을 만든 이들도 다 아는 사람이다. 친구랑 같이 신발장을 만들기로 했는데 그가 거의 다 만들었다. 아는 언니·동생·친구 들이 돌아가며 사포질을 하고 보조해 완성했다. 나는 마지막에 급하게 덧대느라 삐져나온 부분만 톱질하면 됐다. 내 손이 간 부분은 이것뿐이라 직접 만들었다고 말하기 민망하지만 그래도 돈을 주고 완제품을 산 건 아니니 뿌듯하다. DIY(Do It Youself) 아닌 DIO(Do It Ourselves). 싱크대가 좁아 조리대 겸 식탁으로 쓸 탁자도 필요해서 강사님과 함께 쓸 만한 나무를 골라 챙겨 두었다. 근무시간에 짬을 내어 만들기만 하면 된다.

"폐목재라 아주 깔끔하진 않을 텐데, (꼭 직접 만드셔야겠어요?) 집 안에 들일 가구를 하나도 안 사고 다 만드실 건가 봐요?"

'네. 돈도 없고 만들 수 있다면 만들고 싶어요. 아까 선생님이 몇 만 원이면 플라스틱 신발장은 살 텐데 제가 돈 드릴 테니 그냥 하나 사세요, 라며 농담 같은 말을 하실 때 전 기다렸답니다. 만 원 주시면 받으려고요.'

강사님이 필요한 길이만큼 잘라 맞춰 놓은 내 귀

한 목재는 사무실 한편에 잘 보관되어 있다. 여러 사람이 드나드는 곳에선 까딱하면 다른 작업자가 모르고 가져다 쓰거나 버릴 수도 있으니 커다랗게 이름도 써 붙여 뒀다. 이제 언제고 선생님과 함께든, 훈수 두길 좋아하는 직장 상사들과든, 혼자서도 잘하는 여성 동료와 함께든 만들기만 하면 된다. (몇 개월 뒤 여성 동료와 쉬는 날 작업장에 나와서 식탁과 책상을 만들었다.)

가구는 꼭 필요한 것만 집 안에 들여야지. 탁자를 나란히 두 개 놓아서 하나는 조리대, 하나는 식탁으로 쓰고 필요할 땐 하나를 옮겨서 책상으로 쓸 생각이다. 의자는 친구들이 지난번 교육 때 만든 걸 선물로 주고 가서 두 개나 생겼다. 여행을 다닐 때 불편하더라도 적게 쓰고 천천히 오래 놀며 지냈으니 살림도 적게 쓰며 느리게 살고 싶다. 당장 챙겨 온 신발이 운동화와 여름 샌들 두 켤레뿐이어서 샌들을 슬리퍼로 사용한다. 출퇴근용으로 사용한 샌들을 베란다에 빨래 걸러 갈 때 들고 가서 신고, 음식물 쓰레기를 버리러 갈 때 다시 현관으로 들고 와서 신고 나간다. 슬리퍼가 두 켤레면 하나는 베란다에, 하나는 현관에 놓고 편하게 살 수 있겠지만 이리저리 들고 다니는 수고를 감당할 수 있다면 굳이 두 켤레 있을 필요가 없겠더라. 몸을 더 움직이고 시간을 들이면 된다. 돈을 들여 생활에 편의를 더한다면 해야 하는 일의 가짓수가 줄어들지만, 그렇게 확보한 여유 시간에 더 편리한 무언가를 사기 위해 돈을 벌거나, 돈을 버느라 지친 심신을 달래는 데 돈을 쓰게 된다.

아침에 한 시간씩 걸어 출근하면 별도로 시간을 내어 러닝머신 위를 달리며 운동하지 않아도 된다. 평소에 강둑길을 걸으며 꽃을 보고 새를 보면 휴가 때 굳이 아름다운 자연을 보러 멀리 안 가도 된다. 지난 세월 여행을 삶처럼 살았다면 지금부터는 삶을 여행처럼, 가진 것 없이도 행복할 수 있게 살아 보려 한다. 주변에서 만나는 아름다운 것들에 감사하면서, 여행자의 기적처럼 예측 불가능한 행운을 기대하면서. 여기서 만나는 자연과 사람들을 진심으로 대하면서도 여느 여행처럼 느슨하게. 도시를 벗어나 여기 사는 동안 그런 꿈은 꿔 봐도 되지 않을까.

냉장고와 세탁기도 꼭 필요하면 사야겠지만 아주 천천히 사거나 다른 방법을 찾아보려고 한다. 큰돈을 쓰고 싶지 않거니와 시골로 내려온 이상 아파트에 살지언정 돈이든 물건이든 적게 쓰거나 안 쓰고, 웬만하면 직접 하면서 살아 보고 싶다. 자주 조금씩 장을 봐 와서 해 먹으면 냉장고 없이 살 수 있지 않을까. 시골은 1인 가구를 위해 소포장 판매를 하지 않으니 어려우려나. 그러면 그때 작은 중고 냉장고를 사도 되지 않을까. 전기 없이 살겠다, 전자 제품을 사지 않고 살겠다고 내세우는 건 아니고 무조건 처음부터 다 돈으로 손쉽게 해결하려는 습관을 바꿔 보려는 것뿐이다. 시간이 걸리더라도 직접 만들고, 직접 해 먹는 식으로 살아간다면 소비를 줄일 수 있을 터다. 도시에서보다는 쉽겠지.

덧붙이는 냉장고 이야기.

집에 놀러 온 언니들이 막냇동생이 냉장고와 세탁기 없이 사는 모습을 보고 깜짝 놀라 진짜 안 살 거냐고 물었다. 꼭 필요하면 중고로 살 거고 40만 원 정도 예상한다고 했더니 사랑하는 막냇동생이 중고 냉장고를 쓰는 게 싫다며 새 냉장고를 사 줬다. 40만 원 예산으로 꼭 새 세탁기로 사라고 그 자리에서 같이 주문해 버렸다. 냉장고와 세탁기 없이 사는 생활이 불편했던 나는 못 이기는 척 가만히 있었다.

II

귀촌, 새로운 지역에 적응하고 살아가는 법

6
{ 먼저 귀촌한 사람들의 이야기 }

도시가 갑갑해서 떠나고 싶어졌거나, 시골 생활의 경제적 가능성을 기대했거나, 도시 아닌 지역으로의 이주에 관심을 갖기 시작했다면 어디선가 들어봤음 직한 '귀농 귀촌'이라는 단어를 떠올리게 된다. 도시에서 농촌으로 '돌아가' 농사를 짓는 것을 귀농이라 하는데 꼭 시골 출신이 고향으로 돌아가는 것만을 뜻하진 않는다. 출신 지역과 다른 곳으로 가든, 도시에서 나고 자란 사람이 연고 없는 지역으로 가든, 농사를 짓기 위해 농촌으로 이주하는 것을 귀농이라고 한다. 자연 가까이 살고 싶은 도시인의 소망과 도시민을 유치해 지방 소멸 위기를 극복하고자 하는 지역의 목표가 맞아떨어져 정착과 창농을 지원하는 다양한 정책이 생겼다.

귀농인이 농사를 짓기 위해 이주하는 데 반해 농촌에서 살고 싶지만 농사에는 크게 관심이 없는 사람도 있다. 『시골에서 농사짓지 않고 사는 법』(권산, 2011)처럼 도시에서 하던 디자인 일을 그대로 지역에서 하거나, 『우리 시골에서 살아볼까』(엄윤진, 2012)처럼 전에 하던 일과 크게 상관없어 보이는 민박·체험 프로그램을 운영하기도 했다. 그런 비농업인 이주자들을 귀촌인이라고 한다.

도시를 벗어나 자연 가까이 살고 싶다면 굳이 농촌만이 선택지는 아닐 것이다. 어업에 종사하는 귀어인, 산림업에 종사하는 귀산인도 생겨났다. 귀농귀촌은 농림축산부, 귀어귀촌은 해양수산부, 귀산촌은 산림청이 주관 부서다. 귀농귀촌종합센터(https://www.re-turnfarm.com:444), 귀어귀촌종합센터(https://www.sealife.go.kr/)가 운영 중이고 귀산촌 지원은 한국임업진흥원(https://www.kofpi.or.kr/info/rFarm_01.do)에서 담당한다. 사이트에는 각 지역의 교육 일정과 박람회 일정이 안내되어 있고 개별 지역에도 담당 부서와 지원 센터가 별도로 조직된 경우가 많다.

박람회, 교육, 체험 프로그램 참가하기

나는 귀촌 전에 관련 행사를 찾아다닌 적은 없고 이주한 후에 선배 귀촌인으로 참여해 경험을 나누곤 했다. 귀농 학교에서는 농가 방문과 구체적인 작물 소개 및 교육이 이뤄지지만, 2박 3일 이내의 단기 귀촌 체험 프로그램에서는 지역의 분위기를 살필 수 있도록 유명한 장소나 행사장을 방문하고 먼저 귀촌한 사람들의 모습을 소개한다. 실제로 귀촌해 보니 기대했던 것처럼 좋은지, 불편한 점은 없는지, 한 달 생활비는 얼마나 드는지, 일자리는 많이 있는지, 집을 구하기는 쉬운지 등의 질문에는 사람마다 각기 다른 대답을 갖고 있기 때문에 다양한 이야기를 들어 보는 수밖에 없다.

　체험형 프로그램보다 더 문턱이 낮은 행사로 귀농귀촌박람회가 있는데, 전국 지자체의 담당 부서, 관련 기관들이 한 장소에 모여 지원 정책과 각종 행사를 홍보하는 자리다. 특정한 지역으로 찾아가 며칠 동안, 그것도 전혀 모르는 사람들과 살아 보는 것이 부담스럽다면 이러한 박람회는 갈 만한 곳으로 어떤 지역이 있나 죽둘러보기 좋다. 전국 광역시 정도 기억하려나, 보통은 자기 사는 곳 외에는 농·산·어촌의 지역명은커녕 어디에 위치하는지조차 모를 테니까. 나도 이주하기 전에는 완주에 대해 들어본 적 없었다.

혼자 인터넷 검색이나 지도를 살펴보면 막연한데 체험형 프로그램에서 실제로 각 지역에 사는 사람들을 만나면 이주 이후의 삶을 구체적으로 상상할 수 있게 된다. 생기 있고 재미있는 경험이 될 것이다. 박람회에서는 어느 지역에서 적극적으로 도시민 유입 정책을 펴고 있는지, 그곳은 지도상으로 어디쯤인지, 내가 좋아할 만한 자연환경을 가지고 있는지에 대한 정보를 파악할 수 있다. 그러나 박람회는 체험형 프로그램에 비해 접근하기 쉬운 만큼 얻을 건 별로 없다. 방문하는 모든 부스에서 정신없이 안내 책자와 자료를 안겨 주지만 지역의 분위기와 귀촌한 사람들의 구체적인 생활 모습은 전혀 찾아볼 수 없기 때문이다. 대동소이한 지자체의 정책을 속속들이 아는 건 크게 중요하지 않다. 진짜 귀촌 준비는 지역의 누군가와 연결될 때 시작된다. 캠프든 학교든 그 지역의 프로그램에 참여해서 아는 사람이 생겨야 그 사람, 그 사람이 속한 지역사회와 비로소 연결될 수 있다. 그래도 지역에 대해 전혀 감이 잡히지 않을 때는 박람회장을 찾아가 보는 데서 시작하면 좋다. 코로나19로 대형 행사가 모두 취소되고 교육까지도 비대면으로 바꾸는 실정이라 아쉽지만 귀촌할 지역을 정하는 첫걸음으로 오프라인이든 온라인이든 많은 지역을 살펴보면서 조금이라도 관심이 생기는 곳을 모두 후보지에 올려보자.

귀촌에 대한 관심이 막 생겼을 때엔 오히려 해당 지역의 실질적인 정보보다는 전체적인 삶의 방식과 태도에 대해 말하는 선배 귀촌인들의 글이나 영상이 도움이 된다. 몇 해 전 박람회에 청년 멘토 자격으로 참여했을 때 부스에 혼자 찾아온 여성이 생각난다. 많은 사람들이 지역별로 어떤 지원 정책이 있어서 얼마까지 주는지, 자신에게 해당되는지 확인하기 위해 적극적인 태도로 부스를 방문하는데 반해 그는 움직임도 목소리도 느리고 조용했다. "시골 가서 살고 싶어서요"라고 말하는데 이 정신없는 행사장에서 어디서부터 말을 꺼내야 할지 막막했다. 완주군으로 귀촌하면 받을 수 있는 지원금이나 제도를 간략하게 설명해 줄 수밖에 없었다. 전년에 이어 참여한 옆자리 멘토는 영화「리틀 포레스트」를 보고 환상을 가지고 찾아온 '생각 없는' 사람들이 많아서 자기는 따끔하게 현실을 말해 준다고 했다. 환상을 가지면 좀 어때서, 그런 생활을 동경하는 데서 귀촌을 꿈꾸기 시작할 수도 있지. 지금 만났더라면 왜 그런 생각을 하게 되었는지, 책이나 다른 콘텐츠에서 다양한 사람들의 모습도 살펴봤는지, 시골에 가서 뭘 하고 싶은지 차근차근 물어보며 대화를 했을 것 같다. 상황이 여의치 않다면 볼 만한 것들을 좀 소개해 주고, 순차적으로 지역을 접할 수 있는 프로그램도 알려 주고.

환상을 품었다고 꼭 나무랄 필요가 있나. 모호한 환상이 실제 삶에서는 어떻게 나타나고 있는지 여러 사람의 이야기를 듣고 보면서 자세히 알아 가면 된다. 책이나 방송에 나온 멋지고 훌륭한 성공 사례도 접하고, 그 이면에 숨은 어렵고 힘든 이야기도 찾아보면 귀촌에 대한 내 생각을 정리할 수 있다.

관련 도서 찾아보기

나는 운동을 시작할 때도 참고 도서를 먼저 찾아보는 사람이라, 귀촌에 관심이 생겼을 때로 돌아간다면 여성 귀촌 선배들이 직접 쓴 이야기를 최대한 많이 읽을 것이다. 귀농귀촌하는 법, 귀농귀촌할 때 알아야 할 것, 귀농귀촌 특강 등 비법을 알려 준다고 주장하는 책들을 읽어도 오히려 감이 잡히지 않았다. 보편적인 내용은 뜬구름 잡는 것처럼 들리기도 했고 성별이나 나이·기본 자금·

귀농귀촌 후에 바라는 삶의 모습이 저자들과 다른 경우 공감하기도 힘들었다. 귀촌해서 사는 모습을 구체적으로 들려주는 여성들의 이야기는 그중 어떤 게 내가 원하는 모습일지 상상해 보는 재미, 내게도 비슷하게 펼쳐질 상황을 미리 체험해 보는 재미가 있었다.

『두 여자와 두 냥이의 귀촌 일기』(권경희, 2011)는 선후배 사이인 두 명의 여성이 무턱대고 시골로 내려가서 특별할 것 없는 일상을 사는 내용을 그렸다. 내 나이 대의 결혼하지 않은 여성이 귀촌한 이야기를 접한 건 그때가 처음이었다. 전에는 시골의 본가로 귀향한 여성 청년 농부나 남편을 두고 혼자 귀촌한 기혼 여성의 이야기 정도가 있었을까. 이후로도 비혼 여성의 귀촌 사례는 많이 발견하지 못했다.

귀촌한 이후로는 적극적으로 사례를 찾아보지 않아서 잘 몰랐는데 2016년 이후 청년들의 지역 이주가 크게 늘면서 청년 여성들의 이야기도 전보다는 쉽게 들을 수 있는 것 같다. 서울시에서는 지역연계형 청년창업 지원사업 '넥스트 로컬', 지역교류형 청년일자리 사업, 청년의 지방 이주와 정착을 지원하는 사업 '별의별 이주 ○○' 등을 시행하고 경북, 충남 등 지자체에서도 '청년 주도형 청년일자리사업'을 실시하며 청년들의 지역 살이를 적극적으로 지원한다.

『빈집에 깃들다』(박계해, 2011)는 경북 상주군 함창
읍 읍내에서 '카페 버스정류장'을 운영하는 주인장이 쓴
책이다. 중학교 교사로 일하다 퇴직한 뒤 귀농한 초창기
의 이야기가 실려 있다. 기혼 여성으로서 남편과의 에피
소드도 제법 포함되어 있지만 갓 이주한 사람이 느낄 법
한 감정이 생생히 전달되었다. 저자는 몇 년 뒤 혼자서
옷가게와 카페를 운영하고 지역에서 다양한 문화 활동
을 한 이야기를 엮어 『나의, 카페 버스 정류장』(박계혜,
2015)이라는 책을 내기도 했다.

『서른 살의 집』(노석미, 2011)과 『매우 초록』(노석미,
2019)은 노석미 작가의 집과 삶에 관한 에세이인데, 굳
이 귀촌이라는 말을 제목이나 책에 강조해 놓지 않았더
라도 서울을 벗어나 살게 된 귀촌 여성의 실제 상황을
담고 있다. 집을 구하고 이사하는 이야기, 땅을 구하고
집을 짓는 이야기까지 생생하다. 『먹이는 간소하게』(노
석미, 2018)는 연간 계획을 세워 채소를 직접 기르고 수
확해서 조리해 먹는 저자의 식생활에 관한 이야기다.

생태라는 말에 거부감을 느낄 정도로 귀촌에 별 관
심이 없었다가 육아와 자녀 교육에 대한 대안으로 산촌
유학을 알게 되어 슬금슬금 시골살이를 하게 된 엄마의

입장에서 쓴 책도 있다. 『마음을 정하다』(윤인숙, 2014)에서는 평범한 도시인이 시골에 대해 로망을 갖게 된 과정, 실제로 산촌 마을에서 살면서 공동체를 경험하는 동화 같은 이야기다.

　『할머니 탐구 생활』(정청라, 2015)은 20대에 귀농한 여성 저자가 쓴 책으로 열 가구 정도 살고 있는 작은 마을에서 이웃 주민들인 할머니와 어울려 살아가는 이야기다. 여성의 시선으로 보는 농촌의 삶과 노년 여성들의 이야기가 흥미로웠다. 영농 후계자와 결혼하여 아이 셋과 함께 살아가는 저자는 나와 전혀 다른 사람이라 그의 삶도 나와는 거리가 있었지만 등장하는 할머니들이 지혜롭고 극성맞고 귀여우셔서 그곳의 이야기가 계속해서 궁금했다.

　『안녕, 동백숲 작은 집』(하얼과 페달, 2018), 『이파브르의 탐구생활』(이파람, 2019)은 생태적이고 대안적인 삶을 살아가는 이들의 구체적인 실천에 대한 이야기다. 숲속에서 전기 없이 산다거나 자급자족을 위해 다양한 노력을 하는 모습은 따라 하기 어렵지만, 귀농귀촌을 떠올릴 때 생각해 보는 자연친화적 생활의 엄격한 버전처럼 보인다.

　굳이 여성 저자의 책을 찾아 읽지 않으면 귀농귀촌

관련 서적은 당연히 자녀가 있는 중년 남성을 독자로 상정하고 있어서 나와 전혀 맞지 않는 내용이 주를 이룬다. 나와 비슷한 나이·성별·입장인 사람의 이야기부터 시작해서 범위를 넓혀 나가면서 실제적인 귀촌 사례를 모으기를 권한다.

선배 귀촌인 만나기, 다양한 사례 찾아보기

귀촌을 오래전부터 준비하던 지인은 책을 읽고 감명을 받은 나머지 자기 인맥을 총동원해 저자가 살고 있는 지역으로 찾아가 직접 만났다고 한다. 자기가 생각해 온 귀촌에 대한 이미지를 구체화하고 현실을 확인하기 위해 꼭 필요하다고 생각했으니 그런 용기를 냈을 터다. 귀촌해서 사는 다양한 사람들의 이야기를 수집할수록 장단점과 삶의 이면을 스스로 판단할 수 있고 자신의 진심도 발견하게 된다. 다른 사람의 삶을 깊이 들여다보고 그를 통해 내 삶의 모습을 조금이나마 그려 낼 수 있도록 많은 이야기를 듣는 게 좋다.

책이나 방송에 소개된 사례는 제작자의 의도에 따라 편집되거나 가공된 경우가 많아 사례를 접하면 접할수록 실제 인물을 직접 만나서 이야기를 듣고 싶다는 욕심이 생긴다. 요즘은 개인이 유튜브 같은 자기 채널로 직접 이야기를 들려주는 경우가 늘어서 '방송은 방송이고 현실은 다를 거야'라는 의심은 많이 거둬진 편이지만 여전히 다양한 성별·직업·생활 규모와 양식이 드러날 수 있는 이야기가 더 필요하다.

내가 '귀촌'을 검색하던 2010년대에는 주로 은퇴 후 인생 후반부를 위해 귀농하는 사람들의 이야기가 많았다. 그들은 퇴직금과 평생 모은 재산을 더해 땅과 집을 사고, 자식들을 도시에 남겨둔 채 시골로 내려와 농사를 짓는다. 부인의 동의를 얻지 못해 혼자 내려오는 남성들도 꽤 있었다. 나는 결혼을 하지도 않았을뿐더러 여전히 인생의 전반부를 살고 있다고 느꼈고, 농사에는 크게 관심이 없어서 '비혼 여성 귀촌'으로 검색 조건을 바꿔 봤지만 마땅한 정보를 찾기는 어려웠다. '여자 혼자 귀농이나 귀촌을 할 수 있나요?'라는 질문에 절대 안 된다며 시골이 얼마나 위험하고 험난한지에 대한 무시무시한 답들이 달렸다.

2014년 '지리산에서 글 쓰는 여자들'이 만든 계간지 『지글스』와 2015년 여성주의 저널 『일다』에 혼자 귀촌한 여성들의 이야기가 소개되기 전까지는 시골에 사는 여성들의 삶을 구체적으로 들여다볼 기회가 적었다. 각 지역에 귀농귀촌 전담 부서가 있고 귀농귀촌지원센터도 많지만 거기서 실시하는 교육이나 정책 지원은 대부분 가족 단위 귀농인이 대상이었다. 농사 교육을 시켜 주고, 농사지을 땅을 사거나 빌릴 수 있도록 저금리 대출을 해 주고, 집 고치는 비용을 지원한다. 어느 것 하나 내 상황에 맞지 않았다. 비혼 여성이 혼자 귀농귀촌을 하겠다고 할 때 받을 수 있는 도움보다 받고 싶지 않은 관심과 오해가 더 클 것만 같았다. 프로그램이나 기관의 분위기가 가 보고 싶을 만큼 매력적이지도 않았다. 없으면 아쉬운 사람이 직접 만들어야 하니까 언젠가 그런 비슷한 걸 만들 수도 있겠거니 막연하게 생각했다. 그러다 정말로 2017년 12월에 여성을 위한 시골 살이 팟캐스트 '귀촌녀의 세계란'을 시작했다.

완주군의 청년 정책 수립을 위한 연구 사업에서 만나 친구가 된 연구자와 팟캐스트 진행 경험이 있는 전 직장 동료와 팀을 꾸렸다. 둘 다 귀촌을 원했고 여성에게는 기회나 정보의 격차가 존재한다는 현실도 알고 있었다. 그즈음 젊은 귀농인과 농사를 짓지 않는 귀촌인도 많아졌고 청년과 여성을 대상으로 하는 프로그램이 생기는 추세였지만 여성들을 위한 정보는 여전히 부족했다. 여성으로서 느끼는 어려움과 문제점은 당사자가 아니면 인지하기도 설명하기도 어려웠고 귀농귀촌인 커뮤니티에서도 비혼 여성은 처지가 비슷한 사람을 만나기가 쉽지 않았다. 얻을 만한 정보가 없으니 그곳으로 모이지도 않고, 가입을 했더라도 남성이나 가족 중심의 커뮤니티 분위기가 불편해 적극적으로 활동하지도 않는다. 우리는 당사자로서 여성이 궁금한 내용을, 여성의 입장에서, 여성이 만들어 제공하자고 의견을 모았고, '귀촌녀의 세계란'에서는 부모와 자녀, 부부로 이루어지지 않은 다양한 여성의 이야기를 적극적으로 찾았다. 힘든 점, 실패라고 생각되는 점들도 솔직하게 많이 물었다. 누구나 책의 저자를 직접 찾아갈 용기가 있거나 주변에 물어볼 선배 귀촌인이 있지는 않을 테니 우리가 대신 당사자의 마음으로 묻고 또 물었다.

귀농귀촌을 생각할 때 흔히 떠오르는 질문을 먼저 귀촌한 여성들에게 던졌다. 어느 지역으로 갈지, 집은 어떻게 구할지, 무슨 일을 해서 어떻게 먹고살지가 가장 중요한 질문이었다. 각각 다른 사연을 가진 여러 여성은 각기 다른 답을 들려줬다. 그렇지만 여러 사람의 다른 이야기를 듣고 나면 본질적으로 중요한 몇 가지 사실을 알게 된다. 자기 자신을 아는 게 제일 중요하고 사람 사는 곳은 어디나 다 비슷하고 무슨 일이든 자기 하기 나름이고……. 요약하면 뻔하고 시시하지만 언니들의 생생한 이야기에선 분명 배우고 느낄 점이 많다. 직접 들어 보시기를.

여러 지역을 경험하기

선배 귀촌인과 대화를 나눌 수 있는 공식적인 행사가 단기 체험 프로그램이다. 나의 귀촌 시기 즈음인 2010년대 후반에 직접 참여했거나 지인들을 통해 들었던 추천할 만한 프로그램으로는 완주군의 청년귀촌캠프, 남원시 산내면의 시골살이 학교, 홍성군 홍동면의 농촌청년여성캠프, 순창군 실전농사 학교 등이 있다. 현재는 각 지자체와 민간 단위에서 다양한 프로그램을 운영하는 것으로 안다. 2020년에 서비스를 시작한 뉴스레터 '안녕, 시골'에서는 매주 인터뷰, 귀농귀촌을 위해 준비할 것들, 지원 사업 동향, 체험 프로그램 일정 등 다양한 콘텐츠를 제공한다.

　며칠짜리 단기 프로그램으로 지역을 제대로 알기는 쉽지 않지만 여러 지역을 돌아다니다 보면 아무래도 지역의 풍경이나 분위기 등이 남다르게 느껴지는 곳이 생기고, 좋은 인연을 만날 수 있다. 그럴 때 조금만 용기를 내 적극적으로 관심을 표한다면 장담하건대 어지간한 선배 귀촌인들은 자기 일처럼 도와줄 것이다. 자기 일'처럼' 도와주는 게 아니라 후배 귀촌인이 자기 동네로 이사 오게 될지도 모르니 실제로 자기 일이다. 귀촌을 희망하는 사람이 진짜로 귀촌을 하게 되어 좋은 이웃이 되면, 자기들에게도 좋은 일이기 때문이다. 아무래도 귀촌인들은 원래 살고 있는 선주민들보다 자기들끼리 어울리게 되는데 귀촌인들이 더 많아져야 본인들이 살기 편해지는 면이 있다. 귀촌인들은 더 많은 사람이, 특히 또래들이 자기 동네로 귀촌하기를 바란다. 귀촌 캠프 이후 지역에 관심이 생겨서 누군가 개별적으로 따로 찾아와 더 이야기도 나누고 싶고 못 가 본 장소에 가고 싶어 한다면 기꺼이 숙소를 알아봐 주고, 방문하고 싶은 장소에 동행해 줄 이가 많다. 나 역시 팟캐스트 청취자가 완주에 방문하거나 이사 왔을 때 그렇게 했다.

앞서 언급한, 저자를 직접 찾아 나섰던 열혈 귀촌 희망자는 완주에 살 집을 구하기 전에 매주 왔다. 동네 사람들이 여는 마을 장터에 나가 직접 만든 수공예품을 팔고, 일주일에 한두 번은 꼭 출석해야 하는 모임과 프로젝트에도 참여했다. 전주에 거처가 있어서 가능했겠지만 이렇게 완전히 이주하기 전에 주말을 이용해서 '5

도2촌', 즉 평일 닷새는 도시에서 일하고 주말 이틀은 시골에서 보내는 생활을 하는 사람들도 많다. 귀촌 이후의 생활이 막막하지만 이 지역에 왠지 모르게 정이 간다면 자주 찾아오고 머무는 시간을 늘려 가면서 자기 마음의 반응을 살펴보는 거다. 아는 사람들과 좋아하는 장소를 점차 늘려 가며 서서히 지역에 적응하다 보면 자연스레 정착이 쉬워진다.

7
나한테 맞는 지역이 따로 있나요?

어디로 갈지를 정하는 일은 막연하고 어렵다. 농사에 관심 있는 경우 귀농학교를 통해 귀농인이 많은 지역이나, 원하는 작물을 재배하기 좋은 주산지로 범위가 좁혀지지만 귀촌은 그런 제약이 덜하다. 대신 어디든 갈 수 있어서 어디로 가야 할지 정하기 쉽지 않다. 내가 만났던 귀촌인들은 다양한 경로와 방법으로 각각의 지역으로 이주했다. 여행 등 방문으로 각각의 지역에 대한 관심과 애정이 있던 경우, 우연한 기회에 일자리나 주거지가 생겨 가벼운 마음으로 살아 볼까 마음먹은 경우, 친구나 지인이 먼저 가서 살고 있는 경우, 귀촌인이 모여 살아 커뮤니티가 형성되어 있는 곳을 찾아간 경우가 있었다.

동네에 점방 하나 없는 마을의 농가 주택에서 살고 싶은지, 그래도 조금 걸어가면 편의점 정도는 있는 읍내에 살고 싶은지, 영화관이나 마트가 생활권 안에 있는 소도시에 살고 싶은지도 정하는 게 좋다. 북적북적 사람이 많은 도시에 질려서 자연과 가까이 살고 싶다고 해도 너무 외딴 곳으로 가거나 귀농귀촌인이 전혀 없는 마을로 이주했을 때 겪을 외로움과 불편에 대해서 미리 생각해야 한다. 외지인이라고는 한 명도 없는 다른 지역 시골 마을에 살다가 완주군 읍내로 이사한 뒤로 삶의 질이 확실히 나아졌다고 말하는 친구가 있었다. 전에는 너무 갑갑하고 외로워서 시간이 날 때마다 30분 넘게 운전해 읍내의 모임에 가곤 했었는데 완주로 이사 온 뒤로는 근처에 상점도 많고 군청에서 하는 다양한 프로그램에 참여할 수 있어서 좋다고 했다. 도시 생활에 익숙한 사람들에게는 너무 아무것도 없는 시골로 단번에 이주하는 것보다 지방 소도시나 읍내를 거쳐 점진적으로 시골 생활에 적응하는 것이 더 나은 방법일 수 있다. 이러한 단계적 귀촌을 '슬라이딩 귀촌'이라 부르기도 하는데 현실적으로는 원하지 않아도 그렇게 될 가능성이 높다. 나는 완전한 시골로 들어가는 방법을 알지 못해서 읍내에 살고 있고 추후에 더 시골로 가고 싶은지 아직 마음을 정하지 못했지만, 읍내를 거쳐 마을 안으로 이사 간 사람들의 경우에도 처음에는 마을에 집을 얻기가 어려워서 어쩔 수 없이 읍내 빌라에 살 수밖에 없었고, 자연스럽게 마을과 교류가 생긴 이후로 집이나 땅을 구해서 옮길 수 있었다고 한다.

왠지 끌리는 곳

여행의 추억이나 과거의 인연으로 살아 보고 싶은 지역이 있다면 오히려 쉽다. 여행이나 출장으로 방문했다가 좋은 기억을 갖게 된 곳, 오래전부터 좋아했던 지역, 들렀던 여러 지역 중에 어쩐지 잊히지 않고 계속 마음에 남는 곳들 말이다. 특정 지역에 호감과 매력을 느꼈다면 거기서 시작해도 좋다. 지인도 연고도 없는 지역이지만 사랑에 빠져 그곳으로 귀촌한 사람들이 이미 많다. 남들은 다 좋다고 하는데 나는 별로이거나, 특별할 것 없는데 나만 가슴이 설렐 수 있으니 내가 진짜로 원하는 게 무엇인지, 내가 좋아하는 게 무엇인지 속마음을 잘 들여다봐야 한다. 아름다운 대자연에 감동받는 사람이라면 주변 풍경과 자연환경이 좋은 곳을 찾아가고, 사람들과의 교류에서 힘을 받는 사람이라면 커뮤니티가 잘 형성

되어 있는 곳으로 가는 게 적응이 쉽다. 살면서 힘들 때마다 지역과 사랑에 빠졌던 이유들과 아름다운 자연환경이나 동네의 분위기가 계속 살아갈 힘을 준다. 이주하고 난 뒤부터는 각자 하기 나름이라 지인이 있다고 해서 적응이 순조롭고 아는 사람이 한 명도 없다고 해서 더욱 외로운 건 아니다. 귀농귀촌인의 커뮤니티는 누구에게나 열려 있고 새로 오는 사람을 환영한다. 다만 지역에 연고가 있으면 그곳을 중심으로 고민할 수 있으니 지역 선정에 겪는 어려움이 줄어든다.

일자리가 있는 곳

나는 일자리를 구해 특정 지역으로 귀촌한 사례다. 귀촌에 대해서는 여행을 가거나 시골의 지인을 방문했을 때 감탄사처럼 '여기서 살면 좋겠다'라고 말하는 정도였다. 진지하게 방법을 알아본다거나 지역 사람들을 이웃으로 상정하는 것도 아니었고 그저 '이런 곳'에서 살고 싶다는 막연한 마음뿐이었다. 가끔 현재의 생활이 지긋지긋할 때 방문했다가 기억에 남았던 강릉·단양·제주·부산 쪽 일자리를 종종 찾아봤다. 귀촌이라는 단어를 떠올리진 않았지만 여기가 아닌 다른 곳에서 산다면 어떨까? 그곳은 어디일까? 거기선 어떻게 먹고살아야 할까? 라는 의문이 이어지다 자연스럽게 사라졌다. 그러다 우연히 완주군에 있는 기관의 채용 소식을 접하고 귀촌을 실행했다. 나에게는 구체적인 사안을 두고 이걸 할까 말까 선택하는 일이 모든 조건을 열어 놓고 고민하는 것보다 쉬웠다. 귀촌을 하고는 싶은데 어디로 가야 할지 몰라서 1년 넘도록 지역을 돌아다니고 각종 프로그램에 참여했지만 여전히 마음을 정하지 못하는 사람은 나처럼 일자리나 프로젝트 중심으로 판단하길 추천한다. 반면에 귀촌을 해야겠다고 결심하자마자 최대한 빨리 구할 수 있는 집을 찾아 지역 상관없이 돌아다니다가 구해지는 집으로 바로 이주했다는 사람도 있었다.

차분히 오랫동안 귀촌 방법과 지역을 고민하다가 실행에 옮긴 귀촌인 혹은 아직도 준비 중인 예비 귀촌인과 귀촌을 결심하고 바로 이사 갈 수 있는 곳을 찾아 단숨에 옮긴 귀촌인의 차이점은 무엇일까. 당장 떠날 수 있는 사람만이 진정으로 귀촌을 하고 싶어 하는 사람인 걸까. 지역의 특징, 주변인의 도움, 경제적 사정을 포함한 상황 등 여러 요인이 있었겠지만 개인의 성향 차이가 가장 크다. 꼼꼼하게 준비해야 직성이 풀리는 사람과 마음먹은 순간 당장 실행하는 사람, 두렵지만 그냥 해 보는 사람과 자신이 감당할 수 있는 정도의 두려움을 알고 있기에 불확실성을 최소화하려고 가능한 방법을 총동원하는 사람. 그 정도의 차이에 따라 무수히 많은 부류의 사람이 존재한다. 내게 맞는 방식으로, 그게 뭔지 모르겠다면 지금 그냥 하고 싶은 것을 하면 된다. 모두 각기 다른 다양한 방법으로 귀촌을 준비하고 실행한다. 단, 대략적으로나마 본인이 원하는 조건과 기준을 정해 놓으면 선택이 훨씬 쉽다.

국립공원 근처 지역에서 살고 싶었다는 한 친구는 지리산 둘레에서 새롭게 시작되는 프로젝트에 지원해 남원시 산내면에 살기 시작했다. 농사는 짓지 않더라도 요리와 농산품 가공 사업을 하고 싶던 친구는 로컬 푸드를 중점 사업으로 내세우는 완주군이 딱 맞는 지역이라고 여겼다. 직접 찾아와서 읍내와 마을길을 걸어 보니 동네 분위기도 마음에 들었다고 한다.

고향

지역 출신이 고향으로 귀촌하기도 한다. 가족이 집과 땅을 제공하는 경우에는 주거 비용이 줄고, 지역의 정서와 자원을 속속들이 잘 아는 데다 이미 인맥이 형성되어 있어 초기 적응이 쉽다. 가족이 살고 있다면 고향을 떠난 지 오래라 해도 내 존재는 사라지지 않는다. 가족의 인맥은 곧 내 인맥이 되고 잊힌 어린 시절의 인연들도 금새 살아난다. 촘촘히 짜여 있는 가족의 인간관계 안에서 가족의 일원으로 지역에서의 사회생활을 다시 시작하게 된다. 나는 이런 이유로 고향으로 가지 않았다. 시골로 갈수록 도시로 유학 보낸 자식이 다시 시골에서 살겠다고 돌아오면 실패한 사람으로 본다. 그런 시선이 줄기는 했지만 여전하다. 내가 만약 고향으로 귀촌했다면 입시 학원을 차려 큰돈을 벌거나, 지역으로 이전해 온 중앙 부처나 관련 공기업에 취직하는 것만이 '동네 부끄럽지 않은 일'이었을 것이다. 남들의 시선을 아랑곳하지 않는다 해도 나를 이미 아는 사람들이 사는 곳, 현재의 나를 과거의 나로 기억하는 곳, 금방 나를 누구네 가족으로 인식할 곳으로는 가고 싶지 않았다.

아는 사람이 있는 곳, 귀촌인이 많은 곳

귀촌 희망자들에게 가고 싶은 지역을 조사하면 자연환경이 좋거나 지원 정책이 좋은 곳을 찾아가겠다고 하는데, 실제로 귀촌한 사람들에게 지역을 선택한 이유를 물으면 주로 귀촌 선배가 있는 곳이어서라고 대답한다. 지원 정책은 개인의 삶에 큰 영향을 미치지는 않는다. 농사를 짓지 않고, 자녀도 없고, 청년도 아닌 나에게는 특히 그렇다. 지자체가 환영하는 조건에 해당하지 않는다면 지원 정책에 큰 기대를 할 수 없을뿐더러 오히려 소외감이 느껴진다. 귀농귀촌 청년들이 모여 필요한 도움을 요청하는 자리에서 비혼 여성도 안심하고 즐겁게 살 수 있는 생태계가 필요하다는 말을 했다가 '출산율'을 높이자는 정부 정책과 반하는 게 아니냐는 눈치를 받았다. 세대수를 늘려 주는 자녀를 동반한 부부나 정주 후 미래에 '정상 가족'이 될 청년만을 반기는 듯하다. 완주에서는 만 39세 이하의 청년들에게 지역의 기업이나 단체와 연계한 인턴십 기회를 주고, 공모를 통해 창업 자금을 지원한다. 주거·육아·취업과 창업을 아우르는 일자리·거점 공간·문화 강좌·동아리 등 각종 지원 사업으로 완주군은 청년들에게 꽤나 매력적인 지역이 되었다. 당장 와서 살 기반이 마련되니 확실히 귀촌 청년이 늘었다. 그러자 청년들이 귀촌하기 좋은 지역으로 알려져 귀농귀촌 관심자들 사이에서 '청년은 농사지으려면 순창, 아니면 완주'라는 말이 돌 정도였다. 그런데 그들이 나이 들면 어떻게 되는 걸까. 지금 40대인 사람은? 전 세대를 아우르는 합리적이고 효과적인 지원 정책이 생기기 전까지는 자기 삶을 주체적으로 꾸려 가는 훈련과 연습이 필요하고, 서로 도움을 주고받으며 이웃과 함께 노력해야 한다. 사람들의 목소리가 모이면 정책에 반영되기도 할 터다. 이런 이유로 많은 이들이 처지가 비슷한 사람들이 있는 지역을 택한다. 아무래도 친구나 지인이 귀촌을 했다면 그를 통해 귀촌 정보를 얻게 되고 지역에 든든한 이웃 하나는 준비된 셈이니 아는 사람이 있는 곳이 물망에 오른다. 비슷한 처지의 사람이 많은 지역에서는 적응도 쉽고, 함께 노력할 여지가 생긴다. 완주군 고산면의 귀농귀촌인들은 유기농 벼농사도 함께 짓고 자녀 양육과 교육 문제를 함께 고민하며 마을 교육 공동체를 꾸렸다. 사람이 많이 모이게 되면 자연스럽게 유별난 사람들의 불만으로만 취급되던 페미니즘·청소년 인권·동물권에 대한 이야기를 하기 시작하는 사람도 생긴다.

직접 아는 사람이 없다 해도 귀촌인이 많은 지역은 아는 사람이 많아질 가능성이 높다. 관심과 애정을 가지고 지역을 방문하면서 몇 번 만나면 곧 아는 사이가 된다. 귀촌인이 많은 곳은 먼저 온 사람들이 겪은 시행착오를 피할 수 있고, 이미 만들어진 관계에 잘 합류하기만 하면 되니 지역에 적응하기가 쉽다. 원래부터 지역에 살고 있는 선주민도 도시에서 온 귀촌인을 많이 접해 볼수록 생각과 문화·행동이 다른 귀촌인을 더 이해하게 된다. 선배 귀촌인은 새로 이주한 사람이 겪는 외로움과 문화 차이로 인한 당혹스러움을 이미 겪었고 나름의 지혜를 터득해서인지 후에 온 사람에게 공감하며 기꺼이 돕고, 인맥과 정보와 자원을 나눈다.

사람들이 모이고 연결되는, 지역의 거점 공간들이 있는데 이런 곳들이 때론 지자체에서 운영하는 귀농귀촌지원센터보다 친밀하게 작동한다. 자발적으로 서로 도움을 주고받는 이웃이 마을 카페와 식당에 모이고, 온라인 커뮤니티에서 소통한다. 취미나 운동으로 엮인 모임도 많다. 여기서부터는 도시에서와 같다. 만나고 모이고 사귄다.

지원 정책이 좋은 곳

장기적으로는 지원 정책보다는 지역에 대한 애정과 관심, 주변인과 맺게 되는 관계가 중요하다고 생각하지만 당장 살 집과 일자리가 주어진다면 막연하게 생각하던 귀촌을 실행하기 쉽다. 완주군에서는 청년들을 대상으로 월 5만 원만 부담하면 살 수 있는 셰어하우스를 운영하고, 인턴십 일자리나 정착 지원금을 제공한다. 서울시와 협력해 청년 이주 희망자들에게 탐색을 지원하는 '별의별 이주○○', '넥스트 로컬'의 대상지는 영광·옥천·춘천·홍성·영월·완주·군산·금산·논산·상주·의성 등이었는데 프로그램에 참여했던 청년들이 사업이 끝나고 지역에 남는 경우가 생긴다. 지원 정책만으로 지역이 매력적인 귀촌 대상지가 된다기보단, 비슷한 처지의 사람이 많은 곳이거나 정책을 통해 사람이 많아진 곳이 진화된 정책을 추진하기 쉽기 때문에 지원 정책과 이주 실태의 연관성은 분명하다. 그렇게 다양한 정책이 실현되면 귀촌인들의 이주 및 정착도 더 쉬워진다. 『서울아가씨 화이팅』(노니·킷키, 2020)의 저자는 탐색 지원 프로그램을 계기로 상주로 이주하여 서점을 운영하고 있다.

8
{ **미리부터 텃세를 걱정하지 말 것** }

완주로 이사 왔을 때는 이곳에 아는 사람이 없었다. 완주 옆 도시인 전주에 사는 친구가 한 명 있었을 뿐이다. 친구 차를 타고 여행 짐 같은 가방을 옮겼다. 친구가 빌려준 밥상 하나가 가구의 전부였다. 집에서 가장 가까운 읍내 마트에서 청소 도구와 부엌 용품을 샀다. 친구도 알려 줄 수 있는 게 별로 없어서 혼자서 슈퍼까지 가는 길·버스정류장의 위치·버스 시간·음식을 배달시킬 수 있는 식당 전화번호를 알아 가며 동네에 적응했다. 상가에 있는 큰 슈퍼도 출입문이 안쪽 잘 보이지 않는 곳에 있어서 있는 줄도 몰랐다가 서울서 놀러 온 친구가 발견하고 알려 줬을 정도였다.

처음에 살던 집은 대중교통편이 좋지 않았다. 하루에 집 근처까지 들어오는 시내버스 네 대가 전부였다. 어떻게 알게 되었는지 정확히 기억나지는 않지만, 이후 읍내까지 15분을 걸어 나가면 그나마 버스는 훨씬 많다는 것을 알게 되었다(아마 휴대전화 지도 앱이 알려 주었던 것 같다). 아파트 단지에 사는 사람 대부분이 그렇게 다니고 있다는 사실도 알게 됐고, 버스에서 내린 사람을 따라 걷다가 우연히 지름길도 알게 되었다. 동네에 아는 사람이 있다면 이런 생활 정보를 애초에, 쉽게 얻었을 텐데, 붙임성이 좋은 성격이 아니니 옆집이나 상가 슈퍼에 물어볼 생각도 못했다. 그래서인지 후배 귀촌인들에게는 사소한 정보라도 나누고 싶어진다.

예전에 살던 곳에서는 동네 친구를 어떻게 만들었더라. 동네에 있는 학교나 학원, 모임에서 만나 동네 친구가 되거나, 어찌어찌 친구가 되었는데 나중에 가까이 산다는 걸 알게 된 경우가 있겠다. 집에서 입은 옷 그대로 가볍게 근처 편의점이나 카페에서 만날 수 있는 동네 친구를 갖고 싶은 건 많은 이들의 희망 사항인데 한동네에 오랫동안 계속 사는 경우가 귀해져서 동네 친구를 갖는 것도 오래 관계를 유지하는 것도 꽤나 어려운 일이 되었다. 귀촌해서 사귄 사람은 이동 거리를 크게 따지지 않고 다 동네 친구 같은 느낌이 든다. 실제로 생활 반경이 좁기도 하고 사람 수가 적어서인지 친밀함의 정도가 도시에서와는 다르다.

귀촌한 곳에서 친구를 사귀는 것이 도시에서와 크게 다르지는 않다. 친구는 어떻게 사귀는 거였더라. 지금 가깝게 어울리고 있는 사람들, 더 친해지고 싶고 좋아하는 사람들을 어떻게 만났는지 떠올려 본다. 고등학교 때부터 같은 반이었던 친구, 대학교 때 같은 동아리 활동을 했던 친구, 직장의 동료와 상사, 페미니즘 강좌의 후속 학습 모임원, 좋아하는 가게에서 만난 다른 손님, 여행지에서 만난 인연들이 떠오른다. 도시든 시골이든, 우리나라가 아닌 곳에서든 사람을 만나고 친구가 되는 방법은 크게 다르지 않은 것 같다.

여기에서도 마찬가지로 직장에서, 교육에서, 모임에서, 사람들이 모여드는 장소에서 사람을 사귀고 친구가 된다. 관심사가 비슷하거나 함께하는 시간이 즐거울 때 서로에게 호감을 느끼고 친구가 될 가능성이 높아진다. 동시에 관계를 지속적으로 이어 가기 위해서는 시간과 노력이 필요하다. 정기적인 모임이나 만남은 관계를 돈독하게 만드는 편이고, 여러 상황으로 인해 순수하게 도움만을 주고받는 관계도 생긴다. 일주일 넘게 여행 갔을 때 집에 혼자 남은 고양이를 돌봐 줄 사람이 필요해서 방문 시간표를 짰다. 우리 집에서 멀지 않은 곳에서 살면서 고양이와 함께 지내고 있거나 고양이를 좋아하는 사람 몇 명을 추렸다. 그중 가장 친한 친구는 팟캐스트 출연을 계기로 부쩍 가까워져서 평상시에도 고양이 사진을 주고받는 사이였고, 다른 친구는 이름만 들어 본 적 있는 그 친구의 지인이었다. 아파트 바로 옆 동에 살아서 내가 그 집에 들르는 것도, 그가 우리 집에 들르는 것도 전혀 어렵지 않은 일이니 고양이를 함께 돌보는 동네 친구 연합이 되자고 먼저 제안했다. 급한 일이 생길 때는 언제든 부탁할 수 있는 사이이지만 오다가다 들러 함께 식사할 정도는 아니다.

써 놓고 보니 더욱 도시와 다르지 않아 민망하다. 지역이라 조금 다른 점이 있다면 워낙 사람이 적은 편이라 어딜 가나 다 아는 사람을 만난다는 것이랄까. 자신의 방식대로, 자신이 하던 대로 지역에서도 사람을 만나고 친구를 사귀면 된다. 그래도 혹시 다를지 몰라 선배 귀촌인에게 묻고 경험을 보태 사람 찾고 만나는 법을 정리했다.

관공서 및 유관 기관 교육 참고하기

군청·도서관·읍사무소·문화재단·귀농귀촌지원센터 등 관공서와 유관 기관에서 주관하는 교육 프로그램이 많다. 주변의 귀촌 선배들을 통해 관련 기관의 존재 유무나 교육에 대해서 정보를 듣는 게 빠르고 정확하겠지만, 각 기관의 홈페이지나 SNS 계정, 지역 신문과 정보지를 참고하면 혼자서도 충분히 이용할 만한 시설과 교육을 찾을 수 있다. 행사를 주최하는 입장에서도 홍보에 힘을 쏟기 때문에 지역 주민들이 많이 방문하는 도서관이나 카페, 인터넷 커뮤니티에는 정보를 제공한다. 단체 채팅방 같은 귀촌인 중심 커뮤니티나 지역 정보가 활발히 오고가는 인터넷 카페에 가입해 두면 좋다.

귀촌인 커뮤니티 모임 참석하기

관공서에서 여는 행사가 재미가 없어 보인다면 주변 귀촌인들이 어떤 모임을 하고 있는지 한번 살펴보자. 농사·육아·요가·독서·글쓰기·노래·악기·그림·댄스·언어 공부·목공·바느질 등 구미가 당기는 모임이 하나쯤은 있을 것이다. 공개적으로 인원을 모집하는 경우도 있고, 관심을 보이면 초대해 주기도 한다. 개별적으로 사람을 만나지 않아도 되니 심리적 장벽이 덜하고, 어색하면 활동에 집중하면 된다. 모르는 사람들이 가득한 모임에 나가기가 부담스러울 수 있는데, 그만큼의 용기는 내보길 바란다. 일단 가 봐야 다시 갈 필요가 없는 모임인지 아닌지 확인할 수 있다.

용기 내어 만남 청하기

떠들썩하게 여럿이 만나는 자리보다 적은 수의 사람들과 깊은 대화를 나누는 걸 선호한다면 용기를 내 개인적인 만남을 청해 보자. 사람을 사귀고 친해지는 과정은 도시에서나 시골에서나 같다. 진심으로 다가가고 다가오기를 꺼리지 않는다면 나와 어울리는 사람을 만나게 될 것이다.

거점 공간 단골 되기

사람들이 많이 모이는 거점 공간에 자주 놀러 가서 자연스럽게 인맥을 넓히는 것도 방법이다. 아직 갈 곳이 마땅치 않고 어딜 가야 할지 모를 때는 먼저 귀촌한 사람들이 차린 카페·식당·서점 등을 방문하자. 천천히 주인이나 단골손님과 친해지다 보면 그들이 소개해 주는 다른 사람들을 만날 수 있다. 나와 어울릴 법한 친구, 알아 두면 좋은 사람을 두루 소개해 준다. 여러 사람과 닿아야 그중에 나랑 맞는 친구나 도움을 주는 사람도 만나고 지역에서 내가 할 수 있는 역할도 찾을 수 있다. 물론 모든 일이 그렇듯 자기 하기 나름이기는 하다. 나는 귀촌 초기에 또래 친구가 운영하는 잡화점에서 회사에 가지 않는 대부분의 시간을 보냈다. 주중에는 회사로 출근하고 주말에는 그 가게로 출근해서 가게에 놀러 오는 사람들과 별것도 없는 이야기를 나누다 보니 자연스럽게 몇몇 사람과 모임까지 꾸리게 됐다.

거점 공간에서는 앞서 말한 다양한 교육과 행사 정보를 접하기도 쉽다. 사람들이 모이는 장소라서 홍보 포스터나 자료가 비치되기도 하고 여러 사람들이 오가며 정보를 교환한다. 개별적인 모임이나 행사 정보도 이 같은 거점 공간을 통해 공유되는 편이다. 나는 완주에 처음 와서 2년간 직장 생활을 하느라 직장 밖 다양한 사람들을 만날 기회가 적었는데 이후 거점 공간으로 기능하는 한 카페에서 아르바이트를 하면서 귀촌인 커뮤니티에 더 깊숙이 다가갈 수 있었다.

이런 과정을 통해 너는 성공적으로 친구를 많이 사귀었느냐 묻는다면 흔쾌히 '네'라고 대답하긴 어렵다. 교육에 가서는 어색하게 자리만 채우다 돌아온 경우도 많았고 악기나 노래 모임에서도 같이하는 사람들과 어울리지 못해 결국 중도에 포기했다. 음악을 전공한 귀촌인이 동네에 중창단을 만든 적이 있었다. 야심차게 오디션까지 보고 소프라노로 배치받았지만 일주일에 한 번 모일 때마다 노래보다 서로 친해지는 데 시간을 많이 쓰는 모습이 영 못마땅했다. 노래하면서 서로의 목소리를 듣고 맞춰 가면서 자연스럽게 친해지는 거라고 생각했는데 나를 뺀 나머지 사람들은 모여서 노래하기 전에 간식도 먹고 모임 끝나고 회식도 따로 하고 싶어 했다. 서로를 알아가는 데 시간이 필요하기는 했을 테지만 나는 그런 분위기를 결국 견디지 못하고 한 달 후부턴 모임에 나가지 않았다. 우왕좌왕하는 괴로운 분위기를 지나 노래만 하는 40분 남짓은 정말 행복했는데 어떻게 딱 내 입맛에 맞는 모임과 친구를 찾을 수 있겠어, 하는 마음으로 포기했다. 그런데 내 그런 모습은 서울에 있을 때도 마찬가지였다. 어디서나 사람은 자기의 모습대로 산다. 그래도 다양한 방식으로 내 세계를 넓혀 가야 한다고 생각한다. 이후에 초대받아 몇 번 참여한 글쓰기 모임도 꾸준히 하지 못했지만 그 과정에서 조금씩 더 친해졌고, 가까워지고 싶은 사람을 발견했다. 바로 그때가 아니었더라도 다른 시간, 다른 장소에서 그를 만나 반갑게 교류를 이어 나갔다.

　나와 다른 사람을 만나고 익숙하지 않은 경험을 하는 게 내 세계를 넓힐 기회라고 생각하면서도, 교육이나 모임에 참여할 때 지레 겁을 먹고 소극적으로 참여하느라 스스로 마음을 닫고 있지는 않았나 하는 후회는 든다. 결혼하지 않고 혼자 사는 여성을 이상하게 볼 거야, 다르다고 나를 끼워 주지 않을 거야, 내 맘에 들지 않는 잔소리를 하면 가만 두지 않겠어, 나는 당신들과 다르니 어디 한번 지켜보겠어, 같은 마음으로 잔뜩 웅크리고 있었으니 마음 편히 누구를 만나기도 가까워지기도 힘들지 않았을까. 낯선 장소에서 새로운 친구를 사귈 때야말로 편견과 선입견을 버리고 개인과 개인으로 만나 천천히 알아 가는 자세가 필요할 텐데 이런 모든 것들이 그때의 나에게는 쉽지 않았다.

　과거의 내가 어떻게 친구를 사귀고 어떤 모임이나 공간에 익숙해졌는지는 스스로가 가장 잘 알 것이다. 열린 태도를 갖되, 본인에게 맞는 방법으로 시도해 보기 바란다. 여행지에서도 옆에 앉은 사람과 바로 말을 주고받는 사람이 있고 많은 사람을 만나지는 못해도 특별한 순간에 기억에 남는 경험을 하는 사람이 있다. 귀촌해서도 마찬가지다. 먼저 귀촌한 사람, 원래부터 동네에 살던 사람들에게 먼저 다가가 인사하고 한 마디라도 묻고 이야기를 나누는 외향적인 사람이 있는 반면, 오랜 시간 지켜보고 안전하다고 느끼는 상황에서야 천천히 자기를 드러내는 사람이 있다. 그런 사람들에게 특별히 귀촌이 더 어려운 것도 아니다. 내향적인 사람들은 자신의 속도와 방식으로 지역을 알아 가고 친구를 사귄다. 어쨌든 사람이 모이는 장소에 가거나 온오프라인으로라도 사람을 만나야 관계는 시작될 테니 앞서 설명한 다양한 방법은 여전히 유효하다.

지역에 잘 적응했다는 건 구석구석의 지리를 잘 알고 애정을 가지게 되는 걸 포함해 아는 사람, 친구와 편히 어울릴 수 있는 걸 말하는 것 같다. 친구가 있으면 훨씬 빠르고 쉽겠지만 동네의 길과 가게의 위치는 혼자서도 알 수 있다. 동네 친구의 진짜 역할은 가게를 알려 주는 것보다 가게에서 만나 대화를 하며 시간을 함께 보내는 것일 테니까.

혼자 잘 지내는 삶과
사람들과 어울리는 삶 사이에서

외롭지 않기 위해서

크고 작은 모임에 참여하고, 사람들을 소개받으면서 내게도 지인이 늘어 갔다. 낯을 가리는 성격이라 쉽게 친해지지는 못하더라도 자연스럽게 늘 가던 장소에서 자주 만나는 사람들과 천천히 가까워졌다. 내가 어울리던 친구들은 혼자 살거나, 아이가 없거나, 아이가 있더라도 육아나 교육 중심의 공동체와 좀 거리를 두고 싶은 여자들이었다. '정상 가족 이데올로기'가 지배하는 귀촌인 커뮤니티에 이질감을 느꼈던 소수자들.

우리는 약속하지 않았지만 한 친구가 운영하는 가

게로 흘러들었다. 모이면 산책하고 같이 밥을 먹고 가끔 인근 도시로 함께 영화를 보러 나갔다. 여름에는 계곡으로 물놀이도 갔다. 부담 없는 동네 친구로 편한 시간을 보냈다. 노인회·청년회·부녀회·학부모회·귀농귀촌인 협회에 끼지 못하거나 끼고 싶지 않으니 직접 '숙녀회'라는 이름을 붙이자고 장난스럽게 이야기했다.

농촌 지역에서는 연령·성별·결혼 여부·학력·신체 등 '비정상성'에 대한 차별이 도시보다 심한데 귀농귀촌인들조차도 전통문화 존중을 이유로 슬그머니 그 차별에 가세한다. 완주숙녀회(줄여서 완숙회)는 차별을 없애기 위한 행동이나 목표를 설정한 결사체는 아니었다. 비슷한 사람들끼리 모이는 친목 모임이어도 좋지 않은가. 티 나게 배제되지는 않지만 환영받지는 못하는 존재, 특이하게 여겨지는 존재들이 모여 우리끼리 잘 지내 보자는 마음이 컸다. 공동체라는 말이 주는 답답함도 싫었다. 느슨하게 연결되어, 필요할 때 원하는 사람들만 뭉치는 모임이고 싶었다. 우리가 원하고 좋아하는 방식으로, 우리끼리 모이면 된다. 모임에 이름을 붙였다고 해서 크게 달라지는 건 없었지만 어쨌든 설명할 수 있는 언어가 생겼고, 그 이름으로 몇 가지 지원을 받아 프로그램을 운영하기도 했다.

농촌 지역에서 젊은 여성이 느끼는 불편과 차별을 소재로 팟캐스트 '우아할 여자: 우리가 알아서 할게요'를 함께 만들었고, 젠더 관점으로 기존의 남성 중심 기술 교육을 비판하며 '여성들을 위한 생활 기술 워크숍'도 열었다. 농촌 지역에서 젊은 여성들이 커뮤니티를 꾸려 일상의 차별과 개인 여성 당사자의 관심사를 이야기하는 건 의미가 있었다. 재미있는 모임 이름 덕분인지, 가부장제에 도전하라는 응원인지 완주 내외 지역에서 종종 관심을 보였고 인터뷰나 사례 발표를 요청했다. 여전히 우리는 느슨하게 연결된 자유로운 형태의 모임이었다. 딱히 누가 대표랄 것도 없고 정기적으로 만나는 것도 아니었다. 누구든 개인 아닌 조직의 이름으로 무언가 하고 싶다면 '완주숙녀회'가 든든한 배경이 되어 주자고 했다.

　　내게 연락이 오는 일은 대부분 수락했다. 나는 말하고 나서서 자랑하고 글을 쓰는 일을 좋아하니까. 내가 생각하는 완숙회는 그런 내 활동의 기반이었으니까. 완숙회의 이름을 걸고 혼자 하는 일은 큰 무리가 없었다. 그런데 함께하는 일은 달랐다. 역할 분담과 목표가 애매해서 나는 속이 탔다. 처음부터 완숙회라는 모임은 정해진 구성원도 약속도 없었기 때문에 완숙회에 대한 입장·애정·태도가 각자 다를 수밖에 없었고, 그런 차이를 그대로 두고 인정하는 게 느슨한 연결이고, 최대한 자연스럽게 흘러가는 대로 두어야지, 누군가 억지로 하기 싫은 걸 떠맡게 하지는 말자라고 생각했다.

느슨한 연결의 함정

느슨함은 허술함과 다른 걸까. 나는 느슨한 연결에 대해 의심이 생겼다. 완숙회에 누구누구 있어? 라는 질문에 저요, 하고 손을 드는 사람은 몇 명이나 되었을까. '소속'이 강요로 느껴지니 자유롭고 편안한 '연결'로 만나자는 의도는 좋았지만 연결이 가능하려면 최소한의 접촉이 있어야 했다. 외로운 사람이 연결되기를 바랄 때, 느슨함을 촘촘함으로 바꾸고 싶어졌을 때, '자연스러움'을 위해 노력을 하면 안 되는 상황은 기이했다. 애초에 한 친구의 가게로 흘러들 수 있었던 까닭도 공간에서 접촉이 일어났기 때문일 터다. 공간으로 흘러드는 것만을 자연스럽다고 말할 수는 없다. 관심사가 비슷한 사람끼리 공부를 하거나, 정기적으로 모여 대화를 나누거나, 주제를 정해 활동을 계속해서 하고 있을 때 공간을 찾아오듯 그 모임과 활동을 '자연스럽게' 찾아내 다가오는 사람도 있을 텐데 나를 제외한 친구들은 '약속'이나 '의도'라는 말에 지나친 거부감을 가지고 있었다. 아무것도 하지 않아야만 자연스러운 것이라고 믿었다.

막막하고 외로울 때 세상에 나 혼자가 아니라 나와 같은 사람이 존재하고 있다는 사실을 알기만 해도 안도감이 든다. 연고 없는 지역으로 혼자 귀촌을 했는데 주위엔 다들 가족을 이루고 있어서 관심사는 물론 주로 사용하는 용어도 다르다. 그런 와중에 가까이에 친구가 될 만한 다른 여성을 발견하게 되었다면 반갑고 기대가 된다. 친구가 되지 않더라도 주류 아닌 사람들의 존재가 드러난다면 좋은 일이다. 혼자 귀촌해서 사는 여성이 한 명일 때와 열 명일 때, 사람들의 시선이나 커뮤니티의 분위기가 다르다. 더 이상 유난하고 이상한 존재가 아닌 것이다. 나도 살기 편해지고 문화다양성 측면에서도 더 좋은 사회가 된다. 존재를 확인하면 일단 반갑고, 더 자세히 알게 되면 연결되고 싶어진다. 연결되어 외롭지 않고 든든해졌다면 어느 순간엔 더 돈독한 관계로 진전시키고 싶은 경우도 생긴다. 나는 완숙회에 여성들이 더 모이고, 사랑과 우정이 더 돈독해지고, 나아가서는 지역의 여성들을 위해 힘을 가진 집단이 되기를 바랐다.

느슨한 연결로는 부족했다. 촘촘한 연대가 필요하

다고 생각했는데 마음 맞는 동료를 찾지 못했다. 내 맘을 몰라주는 사람들이 원망스러웠고, 자연스럽게 천천히 움직이자는 말은 현재의 불합리와 부정의를 그냥 눈감자는 말처럼 들렸다. 속도를 내서 뭔가 하고 싶어 하는 내 마음은 가시 돋힌 말이 되어 친구들을 찔렀나 보다. 든든한 여성들의 모임을 만들고 싶었는데 내가 원하는 모습대로 완숙회가 굴러가지 않아 속상했지만 모임은 혼자 만드는 게 아니고, 나만의 것도 아니다. 어쩔 수 없이 완주숙녀회에 대한 미련을 버리고 그냥 처음에 그랬던 것처럼 자연스럽게 그냥 내버려 두었다. 흐르다가 자연스럽게 고여서 서로를 알아봤던 것처럼 그 장소는 여전히 그곳에서 사람들의 사랑방으로 존재하고 있지만 나는 혼자 고백했다 거절당한 것처럼 완주숙녀회를 쓸쓸하게 떠올린다.

자립과 연대의 균형

기존 귀촌인 커뮤니티에서 편안함을 느끼지도 못하고 마음 맞는 커뮤니티를 만들지도 못한 채 귀촌한 지 2년이 지났을 쯤, 완주살이가 너무 답답하게 느껴졌다. 자연 가까이 지내는 것만으로도 귀촌하길 잘했다고 생각했는데 그럴 때는 지난 건지, 특별할 것 없는 하루가 지겹고 같이 놀 사람이 없어서 외로웠다. 한적하고 느린 귀촌 생활 때문에 우울감이 커졌고, 사람들과 함께 어울려 일을 도모하지 못하니 괴롭고 심심했다. 나는 자연 가까이에서 조용히 지내는 것만큼 사람들과 북적북적 새로운 일을 벌이는 것도 좋아했던 것이다.

좋아하는 사람들과 재미있는 일을 하고 싶다. 어떻게 살아야 즐겁게, 나답게 사는 건지 고민이 끊이지 않는 것처럼 좋은 친구와 끈끈한 관계를 맺으면서 공감과 위로를 받고 싶다는 욕망은 어지간해서는 충족되지 않았다. 어쩌면 두 가지 다 너무 비현실적인 욕심인지 모르겠다. 정말 좋아하는 일을 찾아 천직으로 삼고 싶다, 영혼의 동반자를 동료로 맞이하고 싶다는 염원을 담아 또 안 해 본 일을 하기로 했다. 가까이 살면서 처지가 비슷한 친구들과 일을 도모해 보려고 했는데 썩 좋은 결과를 내지 못했으니 다음으로 시도해 볼 방법은 멀리 있더라도 오랫동안 좋아해 온, 같이 일을 해 보고 싶은 친구들과 함께하는 거였다. 게다가 귀촌 이후의 삶이 원래 이렇게 답답하고 무료한 건지 다른 사람들도 그러는지 궁금했다. 전국 각지의 귀촌 여성들을 찾아다니며 이야기를 들어 보면 어떨까? 그러면 내가 어떻게 살아야 할지 감이 잡힐 것도 같았다.

전국의 귀촌한 여성들에게 궁금한 점을 대신 묻는 형식으로 여성들을 위한 시골살이 정보 방송 '귀촌녀의 세계란' 팟캐스트를 시작했다. 팀원들이 각자 관심과 애정을 가지고 자발적으로 모였다는 점에서 완주숙녀회와 비슷했다. 귀촌한 여성들의 목소리라는 점도 같았다. 이번에는 같은 실수를 하지 말자고 다짐했다. 혼자 너무 급하게 욕심내지 말 것, 가파른 감정 기복으로 동료에게 피해를 주지 말 것. 우리에겐 정기적으로 팟캐스트를 제작하고 송출해야 한다는 공통의 목표와 약속이 있었다. 서로의 상황과 입장을 배려하면서 유연하게 조절하면서도 명확하게 역할을 분담했다. 중간에 우울감과 무기력증 때문에 도망가고 싶은 순간이 생겼지만 좋은 동료를 만난 덕분에 책임감 있게 마무리할 수 있었다. 느슨한 연결의 대안이 견고하고 넉넉한 연대라는 걸 깨닫는 경험이었다.

어떻게든 되겠지 내버려 두는 건 자유가 아니다. 갑갑할 정도로 촘촘할 필요는 없지만 관계는 단단하고 견고하게 조직되어 있어야 한다. 튼튼하게 얽혀 있기만 한다면 여백이 많아져도 무너지지 않을 테고 넉넉한 여유 안에서 자유롭게 움직이면 된다. 2주에 한 번씩 방송을 내보낸다는 목표와 약속, 서로를 굳게 믿으며 함께 좋은 결과를 만들어 내려고 노력하고 있다는 감각은 소속감이자 연결감·연대감이었다. 내게 무슨 일이 생길 때 동료들은 내 뒤를 받쳐 줄 거고 나도 그렇게 할 것이다. 부족한 개인이지만 책임감과 의리 때문에라도 나은 인간이 되고자 노력했다. 좋은 동료가 되기 위해서는 먼저 건강하게 자립해야 했다.

귀촌 생활에서도 혼자서 잘 지내는 것과 사람들과 어울리는 것 사이의 균형을 잘 잡는 게 중요하다. 지역에 적응한다는 건 동네의 지리를 파악하고 문화와 정서를 이해하고 아는 사람을 늘려 가는 과정이면서 불편과 어색함 그리고 외로움을 받아들이는 과정이기도 했다. 여행을 갔을 땐 그런 감정들이 신기하고 재미있었다. 그런 경험을 하기 위해 여행을 떠나기도 했다. 그렇지만 지역으로 이주해서 느끼는 다름의 경험은 여행처럼 임시적인 것이 아니다. 외롭고 두렵지만 여기는 내가 살아가야 할 곳이다. 이 감정까지도 잘 다스리며 적응해야 했다.

당장 시골에서는 도시처럼 혼자서도 외롭지 않게 지낼 수 있는 장소가 별로 없다. 카페·상점·학원·영화관·공연장·전시장·도서관처럼 혼자지만 사람들과 어울릴 수 있는 곳이 없거나 적다. 그리고 일찍 닫는다. 도서관이나 카페가 그나마 갈 만한데 그 외에는 집뿐이다. 게다가 자가용이 없으면 가기도 어렵다. 해가 진 뒤 집에서 보내야 하는 외로운 시간을 견딜 노하우가 필요하다. 넷플릭스와 유튜브, 각종 소셜 미디어를 들여다보느라 휴대전화를 붙들고 있다 보면 시간이 훌쩍 가고 혼자서도 집에서 즐길 거리가 충분하다고 느껴지겠지만, 갈 곳이 없거나 상대가 없어 어쩔 수 없이 집에만 있어야 하는 상황은 엄연히 다르다.

혼자서 시간을 잘 보낼 방법을 마련해야 한다. 나는 일기를 쓰고 책을 보고 영화를 보고 트위터를 하고 바느질을 하고 요리를 하고 청소를 한다. 그래도 헛헛한 마음이 가시지 않으면 집 밖으로 나가 걷는다. 그런다고 외로움이 가시지는 않지만 그래도 뭐라도 하면서 더 나은 방법을 찾아본다. 동거인이 있는 경우에도 상대가 채워 주지 못하는 절대적인 고독을 스스로 감내해야 한다고 하니 누구에게나 어려운 문제 같다. 행복하게 잘 사는 것처럼 보이는 귀촌 선배들도 외로운 밤에는 울면서 밤새도록 감을 깎고, 동네 친구들과 하루가 멀다 하고 집에서 술자리를 만들고, 강아지와 산책하고, 차를 타고 멀리 번화가로 가서 모임에 참여하고, 억지로 잠을 청하거나 뜬눈으로 밤을 지샌다고 한다. 굳이 비교하자면 외로움을 견디는 방법도 도시에서와 크게 다르지 않지만 새로운 장소, 새로운 환경에서는 더욱 외롭고 서러운 법이다. 게다가 시골은 한적하다. 평화롭고 고요하지만 그래서 더욱 쓸쓸하다.

혼자일 때의 외로움을 잘 다루기 위해서는 무엇을 할 수 있을까. 혼자이고 싶다는 마음을 면밀히 살펴 진짜 혼자이고 싶은지, 혼자일 수밖에 없어서 혼자인 걸 좋아한다고 믿는지 구별하면 좋겠다. 외롭기 싫은 순간에도 혼자인 걸 좋아한다고 믿어 버리면 우울해지니까 그럴 땐 용기를 내어 밖으로 나가야 한다.

그렇지만 본인의 외로움 때문에 지나치게 타인에게 의존하는 사람은 부담스럽다. 자칫하다가는 귀촌한 사람들끼리 서로 도우며 잘 지내고 싶은 좋은 마음에 상처를 입히는 경우도 생긴다. 혼자서 잘 지내는 것처럼 함께 있을 때 적절히 좋은 사이의 타인이 되자. 사람 사이에서 생길 수밖에 없는 갈등과 실패를 딛고 자신에게 맞는 적절한 관계를 만드는 데 왕도는 없다. 경험으로 학습하는 수밖에.

여러 사람이 모이면 당연히 의견 차이가 생기고 갈등을 해결하면서 건강한 만남이 지속될 텐데 그러기가 어디 쉬운가. 서로의 욕망과 입장이 달라 갑자기 해체되는 모임, 서서히 사라지는 모임도 생기고 누군가는 모임을 떠나기도 한다. 이런 과정에서 사람에게 상처받고 회복하지 못하면 괴로워지는데, 귀촌인 커뮤니티가 매우 좁기 때문에 이후에 생활하기가 영 껄끄럽다. 아쉽지만 이미 망쳐 버린 관계에 대해서는 너무 속상해하지 않으려고 한다. 덕분에 이제 사람을 만나는 데 신중하면서도 가벼운 태도를 취한다. 상대에 대해 너무 많은 기대를 먼저 하지 않고 공감하고 배려하기, 서로에게 좋은 최선의 방식을 찾아가기, 어느 한 쪽이 주도해서 서두르지 않기, 원하는 만큼의 친밀함이 생기지 않는다고 조급해하지 않기. 그런 마음을 먹은 뒤로 요즘 만나는 동네 친구들과는 담백하면서도 꼭 필요한 도움을 주고받는다. 장기 출장으로 집을 비울 때 택배를 대신 받아 주고 고양이 밥을 대신 챙겨 주는 정도다. 가끔 함께 밥을 먹거나 음식을 나누기도 하지만 왜 내가 하는 만큼 상대는 하지 않지? 빨리 친해지고 싶은데 왜 이렇게 더디지? 나라면 저렇게 행동하지 않을 텐데 왜 저러지? 같은 마음은 사라졌다. 도시에서 살 때와 비슷한 것 같기도 하고, 그때보다 더 성숙해진 것 같기도 하다.

우정과 환대의 공간, '여성생활문화공간비비협동조합'

완주로 이주하기 전부터 전주 비혼 여성 공동체 '비혼들의비행(줄여서 비비)'의 소식은 종종 전해 들었다. 2003년에 시작된 비혼 여성 6명의 소모임이 긴 시간 동안 서서히 전주시 삼천동을 기반으로 하는 여성들의 생활 공동체로 확장되었다. 처음에는 비혼 생활에 대해 공감하고 공부하며 서로를 지지하는 모임이었다. 수년 동안 매월 회비를 내고, 공부하고, 명절 때는 함께 여행을 가는 비혼 친구로 친밀감을 형성해 왔으며, 순차적으로 1인 가구로 독립하며 가까이 살게 되었다. 함께 사는 생활 공동체는 아니지만 언제든 함께 떠날 수 있는 편안한 사이, 밥솥을 빌려줄 수 있는 정도의 거리에 사는 반려인들의 관계다.

2010년 '여성생활문화공간비비'(줄여서 '공간비비')를 개소하면서 비비는 전주 지역 비혼의 대명사가, 공간비비는 비혼 여성들의 아지트가 되었다. 공간비비에서는 타로·글쓰기·소설 읽기·요가·걷기 여행·비혼여성아카데미·페미야학 등 다양한 프로그램으로 여성들을 초대한다. 전주시 삼천동은 비비 덕분에 1인 가구 여성들이 모여 살기 좋은 지역이 되었다. 공간비비는

2016년 비비 구성원과 공간비비의 오랜 회원 중 비혼 여성을 중심으로 협동조합이 되었고 언제든 찾아갈 수 있는 안전하고 재미있는 여성들의 마을 회관이다.

공간비비는 비혼 여성들이 모이고 만나서 일을 도모하는 플랫폼이 되었다. 부모를 돌보는 비혼 여성, 30~40대 비혼 여성, 글 쓰는 여성 등 다양한 소모임이 운영되고 비혼으로 잘 살기 위한 '비혼력'을 정리해 공유한다. 지방 선거 때 비혼 여성들을 위한 정책을 제안하고 질의하기도 한다. 또한 비혼 여성의 노년 생활을 위해 공동체 주택 형식의 연대를 상상하기 시작했다.

III

어디서든 혼자 살 수는 없다!
지역 커뮤니티에 적응하기

{ 이 낯선 지역에서 여자 혼자? }

읍내 아파트에 살면서 직장 생활을 하니 서울에 살았던 것처럼 누가 옆집에 사는지 모르고 특별한 교류도 없었다. 여자 혼자 지역으로 내려가 살 때 겪을지도 모른다는 동네 사람들의 지나친 관심 또는 차별, 원하지 않는 대우 같은 걸 많이 경험하지는 않았다. '선주민', 즉 지역 출신 사람들을 만날 기회는 적었고 일하면서 만나는 사람 대부분이 이주민, 도시에서 귀농귀촌한 이들로 내게 눈에 띄는 성차별이나 성희롱을 하지도 않았다. 귀농귀촌인을 중심으로 한 커뮤니티에서는 비록 속으로는 결혼을 하지 않거나 아이가 없는 집을 이상하게 여길지 모르지만 대놓고 이유를 묻지는 않는다. 누군가 귀촌 남녀

를 이어 주고 싶어 하면, 다른 누군가가 요즘 세상에는
그러면 안 된다고 말하며 서로 조심하고 학습한다. 귀촌
인 사례 발표 자리에서 만났던 다른 지역의 비혼 여성
마을사무장님은 동네 분들과 인사하는 자리에서 자신
을 '선생님'이라고 불러달라고 요청했더니 어려운 사람
대우를 받게 되었고 걱정했던 것처럼 불쑥 문을 열고 들
어오거나 하시지 않는다고 했다.

　　귀촌인이 마을로 이사 가면 동네 어르신들을 모시
고 입주 신고를 해야 한단다. 좁고 친밀한 공동체의 특
성상 구성원으로 받아들이는 절차가 필요하다고. 선배
귀농귀촌인들의 후기를 읽어 보면 식사 대접 외에 꽤 많
은 돈을 내기도 하는 모양이다. 시골 마을의 전통과 마
을 기금의 역사를 이해하지 못하면 이런 관례는 텃세로
만 여겨지는데, 일평생을 넘어 대를 거듭하며 한 마을에
살아온 공동체의 맥락을 따져 보면 그럴 수도 있겠다 싶
다. 『시골집 고쳐 살기』(전희식, 2011)와 『까칠한 이장님
의 귀농귀촌 특강』(백승우, 2016)을 읽고서야 그러한 관
행의 배경을 알게 되었다. 관공서에서 지급하는 이장 수
당 외에 마을 사람들이 자발적으로 모아 이장에게 전하
는 감사의 마음 같은 것들(과거에는 금전 혹은 물질적
지원도 있었다고 한다) 또는 어쩔 수 없이 팔아야 했던

이웃의 논밭을 사서 들어온 외지인을 마냥 반갑게 맞을 수 없는 심정 같은 것들. 마을 사람들은 마을 전체를 하나의 가족으로 여기고 으레 그래 왔던 것이다. 가족 같은 회사가 이 시대에 어울리지 않는 것처럼 더 이상 가족끼리 사는 게 아닌 마을에도 천천히 변화가 찾아오길 바란다.

사전적인 의미로 마을은 시골에서 여러 집이 모여 사는 곳을 말하는데 보통은 읍내에서 떨어진 곳에 상업 시설 없이 논밭과 집만 있는 곳을 일컫는다. 도시에서도 시내라는 말이 있는 것처럼 읍사무소가 있는 번화가를 읍내라고 한다. 행정구역상 읍보다 작은 단위는 면인데, 면사무소 소재지도 면내라고 하지 않고 그냥 읍내라고 하는 편이다. 오일장이 서고 학교·터미널·농협·우체국·마트·철물점·슈퍼·편의점·식당·아파트·빌라가 모여 있다. 실은 읍내도 사람 사는 집이 있으니 마을 중 하나일 텐데 주로 마을이라 하면 읍내를 제외한 동네를 일컫는다. 마을에는 산이나 호수 등 지형에 따라 집들이 나란히 이어지거나 뚝뚝 떨어져 있는데 보통은 모여 있기 때문에 이웃들과 원하지 않아도 매우 가까운 사이가 된다. 옆집에 누가 사는지 모르지만 무관심으로 존중해 주는 도시 생활과 달리 시골에서는 집에 차가 있으면 왜 일을 안 나가고 종일 집에 있는지, 길을 나서면 왜 집에 안 있고 어딜 그렇게 가는지, 손님이 드나들면 웬 외지인이 그렇게 오는지 등 말이 돌고 동네 사람들이 불쑥불쑥 문 열고 방 안까지 들어온다는 얘기도 많이 들었다.

도시로 가야 출세한 인생이고, 결혼해서 아이 낳고 잘 키워 결혼까지 시키는 삶을 '정상'이라 여기던 때가 있었다. 물론 지금도 그렇게 생각하는 사람이 많다. 귀농귀촌인이 늘기 전에는 젊은 사람이 시골로 오는 걸 이해하지 못하는 사람이 많았다고 한다. 요즘에야 도시 생활에 실패한 사람으로 보는 시선은 사라졌지만 여전히 혼자 사는 남자나 여자를 마을 사람으로 받아들이는 데는 시간이 걸린다. 남자에게는 결혼하면 자리 잡고 지역 주민으로 살겠거니 하는 기대로 어서 결혼하라 성화고, 여자는 결혼하면 떠날 사람으로 생각해 이런 시골에 살지 말고 좋은 사람 만나 좋은 곳으로 가라며 진심으로 걱정해 주는 분도 있단다. 여자 혼자서는 마을에 어울려 살기 더 어려울 것 같다. 누군가는 자연스럽게 잘 어울리며 살아가고 있을 텐데, 살아 본 적도 없으면서 이런 편견과 선입견 때문에 더 두려워하는지도 모르겠다. 그렇지만 자신이 어떤 사람인지, 어떤 모습으로 다른 사람들과 관계를 맺는 성향인지는 잘 알지 않나. 나처럼 낯을 심하게 가리고 모르는 사람과 친해지는 데 시간이 오래 걸리는 사람은 분명 마을살이가 쉽지 않았을 거다. 게다가 나는 아침에 나가고 저녁에 들어오는 직장인이니, 어울리기는커녕 마주칠 시간도 별로 없을 터였다. 마을로 들어갈 엄두도 못 냈고 방법도 몰랐고 누가 집을 내주지도 않았겠지만, 읍내 아파트에서 귀촌 생활을 시작한 건 나쁘지 않은 선택 같다.

읍내 아파트라고 해서 든든하기만 한 건 아니었다. 첫 번째 살던 집은 길에서 멀리 들어가 있었고 다니는 사람이 적어서 어두울 땐 많이 무서웠다. 엘리베이터를 타고 집까지 올라오는 동안 내내 긴장됐다. 엘리베이터에는 CCTV가 설치되어 있으니 그나마 안심이지만 캄캄한 복도가 너무 무서워서 혹시 누가 숨어 있거나 따라오지는 않을까 두려운 마음에 내리자마자 빠른 걸음으로 걷고, 문을 열자마자 서둘러 몸을 안으로 밀어 넣고 바로 문을 잠그곤 했다. 시골집에서 혼자 살았더라면 이웃 덕분에 덜 무서웠을까, 사람들 때문에 더 무서웠을까 궁금하다. 아는 사람에 의한 범죄가 전혀 없지는 않지만 내가 만약 마을에 살았더라면 이 같은 어둠은 덜 무서웠을 거다. 주민들이 서로 사생활에 관심이 많으니 오히려 마을 안에서 수상한 일은 일어나지 않는다고 들었다.

낯선 사람이 나타나면 마을 전체가 금방 알아차린다. 동시에 오래전부터 함께 살아온 가까운 사이라서 아는 사이에 생기는 사건은 해결되기 어렵다. 도둑이나 강도가 들 걱정은 없다지만 소문이 빠르고, 안 좋은 소식이 퍼지는 건 대체로 꺼린다. 약자·소수자가 피해를 볼 때는 제대로 신고조차 하지 못하는 경우도 생긴다. 가해자가 경찰과 잘 아는 사이거나 나이나 집안·직위·경제 수준 등 지역 내에서의 권력을 가졌다면 처벌은커녕 제대로 수사에 착수되기도 힘들 것이다. 혼자 사는 여성의 집에 동네 남성이 찾아오거나 마을 주민이 나서서 짝을 지어주려고 할 때 희롱·추행·폭력 사건으로까지 이어질 위험도 있다. 이렇게 적어 놓고 보니 여자 혼자서는 절대 시골 마을로 귀촌해서는 안 될 것만 같다.

그럼에도 여자 혼자 귀촌해도 괜찮을까? 그런데 '귀촌' 대신에 어떤 말을 넣어도 비슷한 의심이 든다. 여행해도, 이사해도, 운전해도, 식당에 가도 괜찮을까. 여성이 안전하지 않은 사회에서는 어디서 무엇을 해도 괜찮지 않다. 길에서 아무 이유 없이 여자들이 폭력을 당하고 집에서 숨만 쉬어도 위험한 일투성이다. 그렇다고 점점 생활 반경을 축소시키고 하고 싶은 일을 못하는 채로 살아간다면 안전해질까. 위험 요소는 사라지지 않았는데 두려움을 느낀 여성들이 그것들을 잘 피할 수만 있다면 괜찮은 걸까. 눈에 보이는 위험 속으로 걸어가라는 말이 아니다. 세상이 여성에게 차별적이고 도시 아닌 곳은 그 차별이 전통이라는 이름으로 더 강하게 작동하기도 하지만, 사라져야 하는 것임에는 분명하다. 사회 전체가 위험을 제거하는 쪽으로 노력해야지 개인이 조심하고 노력한다고 해결되지 않는다. 아쉬운 수준이기는 하지만 세상은 분명히 변하고 있다고 믿는다. 혼자 귀촌한 여성들이 이미 '사례'를 만들어 주었고 생각보다 어렵지 않다고 말한다.

나는 '기혼 행세'를 하면서 위험을 줄이려고 했다. 맨 처음 집주인과 계약할 때 본능적으로 '신랑이 그러는데'라고 말을 꺼냈다. 화장실 변기에 물이 계속 새서 관리사무소에 전화했을 때도 '애 아빠'가 출장을 갔으니 좀 도와달라고 했다. 젊은 사람들 집까지 다 손봐 줄 순 없다고, 어르신이나 여자 혼자 사는 집만 도와준다고 말했기 때문이다. 그런 법이 어디 있냐고 따지기보다 알았다고 하고 혼자서 인터넷을 보고 문제를 해결해 보려고 했지만 역부족이었다. 어쩔 수 없이 여자 혼자 있어서 도움을 요청하는 거라고, 그렇지만 혼자 사는 건 아니라는 식으로 말해 보았다. 큰 소용이 없는 것 같았지만. 중년 남성 한 분이 오셔서 화장실을 들여다 봤지만 내가 확인한 것 이상으로 도움이 되지는 않았다. 결국 집주인이 새로 변기를 갈아 줘야 완벽하게 해결될 문제다. 그전까지는 지금처럼 적당히 사용하는 수밖에 없다는 하나마나한 소리를 했다. 나도 압니다. 그래도 다른 어려움이 없냐고 물으시기에 보일러와 배수관에 대해 평소 궁금했던 몇 가지를 질문했는데 그분이 갑자기 어깨에 손을 올려서 몸이 얼어붙고 말았다. 내가 예민하게 받아들인 건가, 본인 딴에는 친근감의 표시를 하신 거겠지. 찜찜했지만 심각한 상황으로 받아들이진 않았다. 다음 날 관리사무소에 택배를 찾으러 갔는데 내가 확인 서류에 서명하는 그 짧은 순간 어제 그분이 또 어깨를 감싸며 '오늘 일 잘하고 왔냐'라고 알은 체를 했다. 나는 경악했다. 이건 분명히 성희롱이다. 도망치듯 관리사무소를 빠져나와서 다음부터는 관리사무소로 택배를 받으러 가지 않았다. 꼭 가야 할 땐 친구 남편을 데리고 갔다.

이제는 그렇게 하지 않는다. 더 강력하게 조심한다거나 더 그럴듯하게 기혼 행세를 한다고 해서 문제가 해결되지도 않는다. 남자가 옆에 있거나 여자 대신 남자가 직접 말할 때라면 유효하기는 할 테지만 기혼 행세를 하니 비혼인 나는 더 주눅 들었다. 거짓말을 하고 있으니 말끝을 흐리고, 말하면서도 이렇게까지 해야 하나 싶어 기분이 나빠졌다. 친구든 가족이든 이웃이든 필요할 때 도움을 요청할 수 있는 사람을 곁에 두고 그들과 함께 적극적으로 변화를 만들어 가야 한다.

　언젠가 한번은 현관문 도어락이 위로 올라가 있었다. 별일 아니라고 생각하면서도 불안한 마음이 진정되지 않았다. 나는 실수로라도 그렇게 두지 않는다. 아무리 생각해도 누군가 무단 침입을 시도한 것 같았다. 119를 누를 준비를 한 채 휴대전화를 붙들고 집으로 조심스럽게 들어왔다. 집으로 들어온 뒤에는 더욱 가슴이 뛰어서 페이스북에 이런 일이 있었고 지금 매우 무섭다고 썼더니 고마운 친구들이 집으로 와 주었다. 친구 집에서 밤을 보내고 다음 날 경찰서와 관리사무소에 신고했다. '뭐 이런 사소한 일로 신고까지 하고 그러느냐'라고 말할까 봐 걱정했지만 '네 실수 아니냐'라고 되묻지도 않고 현관문을 구석구석 살펴 주었다. 지문 감식을 해 볼 수도 있다고 했다. 오히려 동네 남성 지인들이 '아래층 사람이 술 취해서 실수로 그럴 수도 있지', '동네 꼬마들이 장난으로 그런 걸 거다'라는 이야기를 해서 당신들이 사는 세계와 내가 사는 세계는 다르다고, 그런 태도가 위험 신호를 알아채는 나를 더 주눅 들게 할 수 있다고 한참 이야기했다. 처음이고 특별한 피해가 있는 게 아니어서 정식으로 수사를 요청하진 않았다. 누군가 나쁜 의도로 범행을 시도하고 현장을 주시하고 있다면 경찰이 다녀간 것도 알게 될 테니 일단은 신고에 의의를 두었다. 한동안은 무서워서 해 지기 전에 꼭 귀가했고 얼마 지나지 않아 다른 집으로 이사했다. 이런 일은 시골이라 더 불안하고 위험했다고 하긴 어렵다. 도시건 지역이건 여성들에게 안전한 장소가 있기는 할까. 신고하고, 처벌을 촉구하고, 강력하게 대응하며 나아지게 만드는 수밖에.

11

{ 제 가계부를 공개합니다 }

2003년에 직장 생활을 시작하면서 처음 받은 월급은 120만 원이었다. 해가 바뀌니 10만 원을 올려줬는데 계속 다니기 힘들어서 퇴직금도 포기하고 11개월만에 퇴사했다. 그 뒤로는 그보다 적은 월급을 주는 NGO 단체 위주로 옮겨 다녔다. 주거비 부담 없이 언니와 함께 살아서 가능했겠지만 서울에 살 때부터 적게 벌고 적게 쓰는 생활에는 익숙했다. 완주로 귀촌하면서는 월급이 100만 원만 돼도 충분하다고 생각했다.

완주에서의 첫 급여는 세후 150만 원으로 예상보다 많았다. 월세 25만 원에 관리비·난방비·통신비 등 고정비용이 월평균 50만 원, 식비와 생활비로 60만 원 정도를 썼다. 남은 40만 원은 저축하거나 예비비로 두었다가 여행이나 가구 구입처럼 특별한 지출에 썼다. 점심을 회사에서 제공해 주었고 걷거나 자전거를 탔으니 교통비도 들지 않았다. 회사와 집을 오가는 것 외에는 다른 활동이 없으니 생활비가 적게 들었다.

2016년 말 회사를 그만두면서는 500만 원짜리 중고차를 샀다. 아르바이트를 하려고 해도 자가용이 필요했다. 버스는 자주 오지 않고 내가 원하는 곳으로도 가지 않는다. 버스가 하루에 네 번 다니는 곳에서 버스로 출퇴근하기란 불가능에 가까웠다. 완주에서의 두 번째 일자리는 옆 동네 카페였다. 귀촌인 사장님과 귀촌인 아르바이트생이 일하고, 귀촌인 손님들이 주로 왔다. 전부터 카페에서 일해 보고 싶었고, 동네 사랑방에서 일하면서 사람들도 사귀고 귀촌인 커뮤니티 소식을 접하려는 의도도 있었다. 하루에 서너 시간 일하고 월 평균 50만 원을 벌었다. 가끔 들어오는 원고 청탁이나 강연·행사 스태프·청소년 센터의 강사 일·타로 상담 등 자잘한 일들로 50만 원 정도를 더 벌었다. 예측할 수 없이 불안정한 수입이지만 신기하게도 월 100만 원 정도는 들어왔다. 지출은 전년도와 비슷하게 100만 원 내외였다. 살 만했다. 2017년에는 열 달 동안 완주군의 귀농귀촌인 인턴십 '청년이음' 사업에 추천받아 월 50만 원씩 지원금을 받았다. 그해에도 카페 월급과 기타 수입을 합하면 한 달에 100만~120만 원 정도를 벌었다.

한 달 지출을 최소화하면 80만 원 정도가 든다. 2017년에 공공 임대 아파트로 이사 와 주거비와 고정비는 40만 원으로 조금 줄었지만 식비와 교통비가 30만 원으로 늘었다. 새 식구 고양이와 자동차에 들어가는 비용까지 합하면 아무것도 하지 않아도 월 80만 원이 든다. 생활비 80만 원은 문화생활이나 여가에 전혀 돈을 들이지 않고 배를 채우는 정도로만 먹고사는 최저 생존비다. 가끔 먹고 싶은 것도 먹고 친구도 만나고 책이나 영화도 보면서 서럽지 않을 정도로 살아가는 최저 생활비는 100만 원, 갖고 싶은 걸 사고 가끔 다른 지역으로 여행도 가면서 이 정도면 괜찮다는 마음으로 살려면 150만 원은 필요한 것 같다. 나는 불안과 우울에 쉽게 잠식되는 편이니 몸과 마음의 건강을 위해 트레이너와 운동하고, 심리 상담으로 스스로를 돌보고 싶었다. 혹시 모를 때를 대비해서 저축도 하고 싶었다.

텔레비전이나 책에 나오는 사람들의 얘기를 들어보면 비어 있는 집을 공짜로 빌린다거나 이웃들이 김치며 농작물이며 먹을거리를 끊이지 않고 가져다주어 생활비가 대폭 준다고 말하던데 내게는 해당 사항이 없었다. 둘러봐도 나랑 비슷하게 읍내 하나로마트에서 채소사 먹고, 읍내 빌라에 월세로 사는 사람이 훨씬 많았다. 아파트가 아니라 마을 안 주택에 살았더라면 직접 농작물을 기르거나 동네 분들에게 얻어먹었으려나. 카페 사장님이나 아는 분들이 가끔 먹을 걸 나눠 주시기는 하지만 가계에 영향을 미칠 만큼은 아니다. 음식을 나눠 주는 걸로 치면 고향에 계신 엄마 지분이 가장 컸다.

시골에서 생활비가 적게 드는 이유는 물가가 싸거나 필요한 것들을 무상으로 얻을 수 있어가 아니라 소비 자체를 덜 하기 때문인 것 같다. 외식을 할 수 없어 외식비가 들지 않고 소비를 유혹하는 환경에 있지 않으니 상대적으로 충동구매나 과소비를 하지 않는다. 나가서 사 먹을 식당도 별로 없고 배달 시켜 먹기도 쉽지 않다. 읍내에 살아도 그렇다. 마을 깊숙한 곳으로 들어가면 배달이 아예 안 되는 곳도 많다. 직접 음식을 해 먹는 데 시간이 많이 들고, 놀 거리도 별로 없으니 여가를 즐기거나 소비할 시간도 가능성도 없달까. 수입이 줄면 소비도 더 줄어든다. 꼭 필요한가? 살 여유가 되나? 안 사도 되면 사지 말자. 원래 돈을 많이 쓰는 타입도 아니지만 가끔이라도 뭘 사고 나서 괜히 샀다는 후회를 몇 번 하고 나니 소비에 대한 흥미가 더 떨어졌다. 살 때도 별로 신이 나지 않고 결국에는 사고 싶은 마음조차 생기지 않는다.

　무소유의 경지에 이르렀으면 편했을 텐데, 갖고 싶은 걸 살 수 없는 안타까움이 생기기도 전에 내 처지에 감히 욕망조차 하지 말자며 취향이 사라져 가는 것 같아 서글펐다. 타인의 눈을 지나치게 의식하며 헛된 욕망을 좇아 습관적으로 소비하지 말자는 생각은 여전했지만 사사건건 가성비만 따지면서 살기도 싫었다. 용도에 걸맞으면서 아름답고 귀한 건 비쌌고, 나는 마땅히 쓸 데는 없지만 귀여운 물건들도 좋아했다.

　나는 오랜 백수 시절을 지내는 동안 저소비 생활에 몸을 단련시켜 온 편이다. 돈을 들이지 않고도 즐거운 일이 얼마든지 있었다. 스트레스를 풀기 위해 소비하기보다는 스트레스를 줄여 소비 욕구를 잠재우는 식이었다. 일을 줄이고 스트레스를 줄이면 살아가는 데 드는 비용도 줄어든다. 그렇게 살아도 내게 필요한 생활비가 150만 원이라니. 대충 일해서는 그만큼 벌 수 없었다. 통장에 30만 원 밖에 없어도 크게 불안하지 않거나 한 달 생활비가 30만 원밖에 안 들고 가끔 들어오는 원고 청탁이나 강연으로 그만큼만 벌어도 만족하는 사람이라면 좋았을 텐데, 아무래도 나는 그렇지 않은 모양이었다.

『3만엔 비즈니스, 적게 일하고 더 행복하기』(후지무라 야스유키, 2012)에서는 다음 같은 생활 방식을 제안한다. 먹을거리는 직접 길러 자급하거나 상호 교환하고 보수를 받지 않는 일을 품앗이로 주고받으면 생활비를 줄일 수 있다. 지역에서 공동체를 꾸리고, 인근 도시를 대상으로 한 달에 2~3일만 일하면서 3만 엔 정도를 버는 작은 비즈니스를 하면 적게 일하고 더 행복할 수 있다고. 또한 전기와 석유 등 화석 에너지로부터도 자립하는 걸 목표로 한다. 아주 불가능한 일은 아닐 것이다. 9장에서 소개한 공간비비는 회원들의 회비와 공간에서 진행되는 프로그램의 수강료, 상근자들의 외부 강연료로 운영된다. 상근 활동가들은 월세·공과금·조합비를 제하면 거의 남지 않을 만큼 소액의 활동비를 받는다. 상근자들은 회원과 회원의 가족이 보내 주는 식재료로 함께 공간에서 밥을 지어먹고, 공간의 프로그램을 통해 영화·여행 등 문화생활을 즐긴다. 하고 싶은 일을 소비생활이 아니라 공동체 안에서 함께 해결한다. 비비는 20년 가깝게 이어져 온 지역 기반의 공동체다. 구성원끼리 그런 관계가 되기까지, 지역사회에서 그런 위치를 갖기까지 그만큼의 세월이 흘렀다.

　나는 최대한 돈을 아껴 쓰면서 장기 여행을 하던 때에도 가용 현금이 100만 원 이하가 되면 견딜 수 없이 불안해서 아르바이트를 하거나 적금을 깼다. 귀촌해서도 마찬가지였다. 일을 그만두었다가도 내게 필요한 돈과 남아 있는 돈을 비교하면서 돈이 필요한 순간에는 일을 구해 돈을 벌었다.

　귀촌을 원하는 사람은 평소 본인의 소비 성향과 규모를 잘 파악해 보면 좋겠다. 계절이 바뀔 때마다 습관적으로 새 옷을 샀는지, 기분 전환을 위해 충동적으로 필요하지 않은 물건을 샀는지, 더 쓸 수 있는 것을 쉽게 버렸는지 등. 귀촌한다고 갑자기 소비가 줄지는 않을 것이다. 인터넷 쇼핑으로 물건도 사고 장도 보는 세상이다. 근처에 24시간 마트나 편의점이 있는 도시보다야 조금 불편하겠지만 살던 대로 살 수 있다. 하지만 왜 귀촌을 하고 싶어 했는지 떠올리면서 도시의 삶과 다른 삶을 만들어 보길 권하고 싶다. 지역 농산물로 요리하고, 간단한 수리는 직접 해 보고, 자연을 더 자주 찾아가면서.

12
시골 생활의 경제적 가능성

'산 입에 거미줄 치랴'는 속담처럼 신기하게도 어떻게든 먹고살 수는 있었다. 귀촌 이후 직장 생활을 하지 않던 시기에도 다행히 창작 지원금을 받는다거나 예상치 않던 일이 들어와서 용케 월 100만 원씩은 벌었다. 먼저 귀촌한 사람들 말을 들어 봐도 직장도 없고 그렇다 할 돈 들어올 구석도 없지만 어떻게든 살아진다고 한다.

　다른 사람들이 아무리 저렇게 말해도 귀촌을 준비하는 입장에서는 저 말이 든든하게 들릴 리가 없다. 저렇게 말하는 사람들도 아무것도 안하고 그냥 있지는 않았을 것이다. 나는 각종 지원금 정보를 알아내서 신청하고, 일손이 필요한 곳에서 나를 떠올리게끔 나의 상태를 알리고, 당장은 벌이로 연결이 바로 되지 않더라도 미래를 생각하는 마음으로 돕기도 하고 때로는 정말 아무것도 바라지 않고 도움을 필요로 하는 곳에 가서 일을 했다.

말도 통하지 않는 곳으로 이민 가는 데 비할 바는 아니더라도 귀촌 역시 삶의 터전과 생활 방식을 전환하는 엄청난 사건이다. 새로운 동네로 이사하고 적응하는 데도 시간이 걸리는데, 지금까지 살던 도시와 규모도 문화도 다른 지역으로의 이주는 더 긴장된다. 더구나 다달이 월급을 받던 직장인이 낯선 장소에서, 일을 안 하거나 못 하면 갑자기 늘어난 시간을 견디기가 어렵다. 프리랜서의 경우 지역에 구애받지 않을 수 있지만 일이 줄어서 기다릴 때나 가능한 이야기고 수도권을 중심으로 한 업계에서 고립되지 않을까 불안해진다. 편안하고 자유롭다는 느낌도 어느 정도 시간이 지나면 지금 내가 잘 살고 있나, 내가 원하던 귀촌이 이런 거였나 하는 생각이 들게 마련이다. 별다른 일정도 없고, 딱히 할 일도 없는 거 같은데 도시에 있을 때랑 별 다를 게 없다. 시간이 많아지니 생각도 많아진다.

이런 경우에는 나처럼 일자리를 구해서 귀촌하는 게 적응이 더 쉽다. 시간을 보낼 장소와 할 일이 있는 건

의외로 든든하고 직장 동료를 시작으로 일하면서 지역 사람들도 자연스럽게 알게 된다. 혼자 알아서 자기 자리를 찾는 사람도 있을 것이다. 한복을 입고 집집마다 돌아다니며 인사를 드렸다는 분의 이야기도 전해 들었다. 그보다 쉬운 방법으로는 절이나 교회를 시작으로 동네 행사에 적극적으로 참석하는 방법이 있다. 어떤 귀촌 안내서에는 가족사진에 이름을 써서 카드를 돌리라는 조언도 있었다. 나는 할 수 없고 하기도 싫지만, 살고 있는 마을에 따라 할 수 있는 사람은 그렇게 해도 좋을 것 같다.

나는 모임이나 행사에 가서도 구석에 있다가 그냥 오는 편이라 이런 식으로 내가 여기 있음을 드러내기 힘들었다. 직장이 있을 때는 '어디 다니는 사람'으로 설명하기도 편하고 나름의 소속감도 생겼다. 매달 월급도 나온다. 혼자라면 일부러 노력해서 만나야 했던 사람들을 저절로 만날 기회도 생긴다. 물론 만나지 말았어야 할 사람들도 만나지만. 본격적으로 이주하기 전에 파트타임으로 할 일을 구해 도시와 지역을 왔다 갔다 하면서 지내보는 것도 적응에 도움이 된다.

일을 구해서 내려오거나 오자마자 일을 시작한 사람들은 모두 자연스럽게 적응하고 잘 살았을까? 당연히 아니다. 오히려 힘들게 일하느라고 지역을 알아 갈 시간이 너무 없었다고, 도시에서 살던 때랑 차이를 못 느꼈다고 말하는 사람도 많다. 일을 그만두고 나서야 모임에 나갈 시간, 사람을 사귈 시간이 생겼단다. 직장인으로 살면 규칙적인 생활을 하며 우울한 질문에 빠져들 시간이 없지만 나를 돌아볼 시간, 삶을 풍요롭게 할 시간도 부족해져서 만성적인 피로와 억울함에 시달린다. 퇴근 시간 이후나 쉬는 날에야 다른 사람들을 만날 수 있는데 그 시간은 나의 휴식을 위해 쓰기만도 부족하다. 직장에서 받는 스트레스는 도시나 지역이나 마찬가지고, 직장인이 퇴근 후에 집 아닌 곳에 있기란 얼마나 피곤한 일인지. 집에만 있으면 사람을 만나지 못하는 것도 도시나 시골이나 마찬가지다.

일터에 또래가 있거나 지역 주민들을 많이 만날 수 있는 업무를 맡지 않고서야 직장 생활이 지역을 알아가는 데 크게 도움이 된다고 느껴지지도 않는다. 나도 그렇게 생각했다. 회사에서는 별로 친하게 지내고 싶지 않은 중년 남성들과 함께 일했고 내가 만나는 지역 주민이라고는 식당이나 카페 사장님, 나보다 훨씬 나이 많은 교육생과 조합원뿐이었다. 그런데 지금 생각해 보면 지역사회에서 내가 인맥을 쌓아가는 데 이 만남들이 물꼬를 터 준 건 분명하다. 자기가 가진 것에는 불만이 생기기 마련이라 고작 이 정도가 무슨 기회냐고 했었는데 혼자서는 어려운 일이었을 거다.

직장을 다녀도, 다니지 않아도 문제다. 다른 말로 하면 다녀도 되고 다니지 않아도 된다. 직장을 다니면 월급과 기본적인 지역 인맥이 생기고 자유 시간은 줄어든다. 직장에 다니지 않으면 시간이 많아지고 그 시간을 어떻게 활용하느냐에 따라 인맥·가욋일·지역 적응력·자기 이해도가 생긴다. 귀촌하고 싶은데 일을 구하지 못했기 때문에 주저하고 있다면 일단은 내려와서 일을 구하면 된다. 일을 구하는 과정에서부터 지역 커뮤니티와 연결될 수 있다. 도시에 살 때 지역에서 주최한 프로그램에 참여해서 인맥을 쌓고 자주 지역을 오갔다고 해도 일자리나 집 정보가 나한테 닿는 속도와 분량은 지역에 사는 사람의 그것에 미치지 못한다. 일은 사람을 통해서 들어오고 시기를 예측할 수 없으니 당연히 주변에 있는 사람에게 먼저 기회가 간다. 무작정 내려와 정기적인 수입이 없는 사람들에게는 동네 사람들이 일자리를 만들어 주거나, 일자리를 소개해 주거나, 먹을 걸 나눠 준다. 그래서 무슨 일이든 할 마음가짐만 있다면, 여기에서 살고 싶다면 '어떻게든 살아진다'고 귀촌 선배들은 말한다. 지역을 막론하고.

　내 경우를 봐도 회사를 그만두고 서너 달 안에 일 자리가 생겼다. 실업급여 수급 기간이 끝나갈 무렵 카페 일을 소개받았고, 청소년센터에서 강사 일을 하고 마을 신문에 원고를 실었다. 내가 할 수 있는 일과 하고 싶은 일을 커뮤니티 안에 소문내면 원하는 일을 구할 가능성도 높아진다. 당장 일을 구하지 못할 가능성을 고려해 2~3개월 길게는 6개월 정도의 생활비와 그동안 불안하고 초조해하지 않을 마음만 있다면 정말로 어떻게든 살아진다고 나도 말할 수 있다. 그렇지만 그 생활비와 느긋한 마음을 갖기가 쉽지 않다는 것도 너무 잘 안다.

13

{ **도시 밖에서 일자리 구하는 법** }

내가 협동조합 사무국 일자리를 구했듯 완주에는 협동조합·마을기업·중간지원조직● 사무직 일자리가 많다. 주변의 친구들을 보면 카페·마을 신문사·목수협동조합 등 먼저 이주한 선배들이 만든 일자리와 청소년센터·시니어클럽·미디어센터·공동체센터·가공센터·

● 중간지원조직은 2000년대 초 현대사회의 복합적인 문제를 정부의 역할만으로 해결하는 데 한계가 있다는 인식을 기반으로, 시민사회가 정부의 역할을 대신하거나 보완하기 위해 고안되었다. 사회적 경제 영역에서 활성화되기 시작해 도시재생·마을만들기·청소년·미디어·교육 등 다양한 영역에서 설립되었고 주로 민간위탁방식으로 운영된다. 여전히 개념이 명확하지 않고 법적 정의를 부여받지 못한 정책 용어라는 비판이 있다. 서울연구원의 「중간지원조직 공익활동 역량 강화방안」 연구보고서(박영선·정병순, 2020)에서는 "사회적 가치와 공공의 이익을 위하여 서로 다른 영역, 조직의 사이에 위치하여, 연계와 협력을 촉진하고, 다양한 차원에서 시민사회를 지원하는 조직"으로 정의한다.

급식센터 같은 기관에서 각종 지원 사업에서 파생된 계약직으로 일한다. 방과 후 교사도 사무직을 주로 하던 귀촌인이 많이 한다. 완주에는 공업 단지가 있어서 일반 기업에서도 생산직·영업직·경리직 구인 공고를 낸다. 귀농귀촌 유입 인구를 늘리고 싶고 관련 사업을 벌이는 군 단위 지역 상황은 비슷할 것이다. 관공서 계약직은 공개 채용 형식이라 나이나 출신 지역 때문에 받는 불이익이 적고 도시에서의 경력을 살려 유관 업무를 담당할 수도 있다. 관공서 사무 보조나 청소일 등의 운영 업무를 하는 공공 근로를 하기도 한다.

중앙정부를 비롯해 대다수의 지자체에서 청년 정책을 적극적으로 시행하면서 청년 일자리가 많아졌지만 단기 계약이라 만료 후에 다시 고용 불안에 시달리고 해당 기관이나 기업은 유사한 지원을 받아 다른 청년을 채용한다. 이런 일자리는 삶의 지속성을 담보할 수 없다. 경험 삼아 1년 살기에는 나쁘지 않지만 지역 정착에 큰 도움이 된다고 보기는 어렵다. 지원 사업 대상자가 아니라는 이유로 40대의 일자리가 급격히 줄어드는 것도 문제다. 1~2년 지나면 다른 지역으로 또 이주하거나, 인근 도시로 직장을 구해 출퇴근하는 경우, 아예 일자리가 더 많은 인근 도시로 이주하는 경우도 많다.

시골에서는 품을 팔아 일당을 받는 농사일이 많을 거라 기대하는데 초보자가 쉽게 도전할 분야는 아니다. 일을 잘 못하는 사람에게는 기회조차 오지 않는다. 『할머니 탐구 생활』에서 저자는 동네 친한 할머니가 보증을 서 주어 밤 줍는 일에 나갔다가 차원이 다른 프로 일꾼 할머니들 사이에서 명함도 못 내밀 자신의 실력을 확인하고, 할머니들이 진통제를 드시며 하루 종일의 고된 노동에 고작 몇 만 원을 받는 현실을 안타까워하기도 했다. 아르바이트 구인 플랫폼이나 길거리 구인 공고에서 딸기·상추 등을 기르는 하우스 농가에서 최저 시급으로 사람을 구하는 걸 보기는 했다. 귀농 선배의 과수원에서 곶감 깎는 아르바이트를 했다는 이야기도 전해 들었지만 아무래도 내가 농사짓는 사람이 아니다 보니 주변에서 관련 일을 하는 경우는 많이 보지 못했다.

자기 농사를 짓는 사람은 하나 같이 농사로 먹고살기는 어렵다고 한다. 농사도 짓고, 품도 팔고, 민박도 하면서 다양하게 수입원을 만들어야만 했다. 자기 먹을거리를 길러 먹는다는 정도라면 모를까 직업 농부로 수입을 내려면 대규모 기계화가 필요하다. 그래도 전업농으로 자기 먹고살 만큼은 번다고 하는 사람은 있으니 농업에 꿈이 있다면 도전해 보시길. 여성 혼자 귀농하면 더

힘들지만 씩씩하게 전업으로 농사짓고 사는 선배들이
있다. '귀촌녀의 세계란'에도 출연해서 예비 귀농 여성
들에게 용기를 주었다. 하우스 딸기 농사를 짓는 30대
여성 귀농인의 유튜브 채널 '귀농빚쟁이'도 재미있다.
청년 창업농 대출 3억을 받았고 농사지어 빚을 다 갚을
날은 요원하지만 하고 싶은 것에 도전하면서 만족스럽
게 사는 모습을 보여 준다. 다른 사람들의 사례를 보고
도움을 받고 용기를 얻을지, 역시나 하고 부정적 판단을
내릴지는 보는 사람의 몫이지만, 여성 귀농귀촌인이 더
많이 드러나면 좋겠다.

　게스트하우스나 식당·베이커리·카페·공방·서점
등 공간을 기반으로 새로운 일을 시작하는 사람도 있다.
원하는 모습으로 살고 싶어 귀촌한 사람이 전부터 꿈꾼
나만의 공간을 마련하고 좋아하는 일에 도전하는 과정
은 자연스러운 수순이다. 도시에서보다 비용 부담도 적
다. 경주·순천·제주·완주·대전에서 게스트하우스를
운영했던 이들을 인터뷰했을 때 나왔던 공통적인 내용
은 환상과 기대를 버리고 생활인의 일로 접근하라는 것
이었다. 여행을 좋아해서 여행자 숙소를 차렸으나 본인
은 여행을 떠날 수 없었고, 여행자를 만나는 일은 즐겁
지만 사람을 상대하는 일이 쉽지만은 않았다고 했다. 성

수기에 극심하게 바빠도 비수기를 고려하면 현상 유지도 어렵고, 초기 자본을 비롯해 보수 관리 비용까지 따지면 매출이 일정 규모가 넘어가야 안정적인 수익이 나니 적극적이고 공격적인 사업가 마인드가 필수다. 몸으로 때워야 하는 일이 정말 많아서 우아하게 손님을 맞이하며 여행에 대해 이야기나 하는 일이 절대 아니고 수입이 불안해 늘 다른 일과 병행해야만 한단다. 카페와 서점, 각종 공방이라고 다를까. 야심차게 완주에 청년 공간을 만들겠다고 술집을 창업했던 친구도 1년 만에 문을 닫고 인근 도시에 일자리를 구해 이사를 가야만 했다.

그러나 훌륭하고 재미있게 자기 공간을 꾸리는 사례도 분명 존재한다. 귀촌 후 카페를 지역의 거점 커뮤니티 역할을 하는 공간으로 운영하면 지역 사람들, 문화적 이벤트에 목말라 있던 귀촌인과 쉽게 어울리며 긴밀한 관계를 만들 수 있다. 함양군 함양읍의 '빈둥'이나 남원시 산내면의 '토닥'처럼 문화행사·모임·장터 등 다양한 프로그램을 기획하고 운영하며 자리 잡은 지역의 카페도 많다. 귀촌 희망자가 지역으로 들어서는 문이자 지역 주민의 사랑방이다. 귀촌인이 많은 지역에는 분명히 이런 기능을 하는 거점 공간이 있다. 아직 없다면 어서 가서 차리세요!

공간을 꾸릴 때 정부 지원 사업의 도움을 받을 수도 있다. 특히 청년의 경우 꼭 농업이 아니더라도 창업을 지원하는 경우가 많다. 이미 많은 지자체에서 도시민 유치를 위해 귀농귀촌인에게 지원금을 지급하거나 저금리로 대출을 해 주는데 지역마다 조건은 다르지만 주로 농업에 종사할 때 주택과 농지 마련 자금을 받을 수 있다.

완주군의 경우 2천 제곱미터 이상 규모의 전업농에게만 집을 짓거나 살 때, 고칠 때 최대 500만 원까지 지원금을 지급한다. 농지를 매입하거나 임차할 때는 최대 250만 원, 비닐하우스 등 시설 비용으로는 최대 960만 원까지 지급한다. '귀농 농업창업 및 주택구입 지원 사업', '농촌 주택 개량 사업', '농림부 귀농인 융자 사업' 등 다양한 이름의 지원 사업이 있고 각각의 조건이 다르니 관할 부서에 문의해야 정확한 내용을 알 수 있다.

국가가 청년이라고 규정하는 만 39세를 훌쩍 넘어섰고 농업에도 관심이 없는 1인 여성 가구인 나에게는 전혀 해당이 없어서 자세히 알아보지 않았으나 지자체별로 조건이 다를 수 있으니 알아보면 손해는 아닐 것이다. 다양한 지원 사업 정보는 지역 내 귀농귀촌인 커뮤니티와 관공서를 통해 얻을 수 있다.

번역·출판 편집·일러스트·디자인 등 재택근무를 주로 하던 프리랜서는 지역에 상관없이 도시에서 하던 일을 계속한다. 도시에서 하던 일과 연결된 일자리가 없는 경우, 익숙하고 지루하다고 느꼈던 사무직 일자리 대신 편의점·마트·식당·카페·공장·상점 등에서 일하는 사람도 있다. 임시로 학원 강의나 과외 수업을 하기도 한다. 진로 교육·문화예술 교육·방과 후 교사 등 청소년 관련한 일거리도 많아서 특히 문화예술인들은 강사로 많이 활동한다.

전문가가 많지 않은 특정 분야에서는 실력이 어느 정도 수준에 이르면 수입원으로 연결되기도 하는데, 취미로 영상 촬영과 편집을 하던 사람이 기록 영상 작업을 의뢰받기도 한다. 문화예술 관련 업종은 도시에서보다 공급자가 적기 때문에 취미로 시작해서 직업이 되기 쉬운 편이다. 평소 관심이 있거나 감각이 좋은 사람은 직업훈련을 거쳐 작업자로 활동할 수 있다. 처음에는 인맥이 부족해 일을 구하기 어렵지만 어떻게든 첫 번째 일이 성사되어 지역 사회에 일꾼으로 소문이 나면 알음알음 일이 들어오기 시작한다. 귀촌 이후 사무직에서 일러스트레이터로 직종 변경에 성공한 한 친구는 도시와 다른 환경이 새로운 일을 도전하기에 적합했다고 말했다. 또한 귀촌한 음악가들은 지역으로 이주한 뒤 도시에서보다 감당해야 할 생활의 무게가 가벼워져서 작업에 집중하기가 더 쉽다고도 했다. 귀촌은, 하고 싶고 좋아하는 일이 있을 때 마음껏 시도하고 노력해 볼 안전망이 되어 준다. 좋아하는 일을 꾸준히 하면 잘하게 될 가능성이 높고 잘하게 되면 직업으로 삼을 수 있다. 설사 아주 잘하지는 못하더라도 나보다 뛰어나게 잘하는 전문가가 아직 지역에 없다면 일하면서 실력을 더 쌓으면 된다.

일자리를 구할 때는 일자리 정보가 모이는 사람, 거점 공간을 먼저 활용하면 좋다. 잡코리아·일자리지원센터·여성새로일하기센터·지역 사람들이 활발히 활동하는 인터넷 카페도 기본으로 봐야겠지만 귀촌인 커뮤니티 내에 고급 정보가 더 많다. 주로 아는 사람을 통해 일자리가 소개된다. 귀농귀촌지원센터 관계자나 귀촌 체험 프로그램 운영자가 귀촌인에게 적합한 일자리 정보를 많이 알고 소개해 준다. 그러려면 내가 어떤 사람인지, 어떤 일을 할 수 있는지 커뮤니티에 소문이 나야 한다. 지역의 거점 공간에 찾아가고 소식통 역할을 하는 사람에게 일이 필요하다고 얘기해 두면 언젠가 적합한 일자리를 소개받는다. 먼저 일을 제안할 수도 있다.

먼저 본인이 어떤 일을 할 수 있을지, 어떤 일을 하고 싶은지, 싫은 일이라도 어디까지는 견딜 수 있을지, 급여 수준은 어느 정도면 괜찮은지, 일을 하지 않고 버틸 수 있는 기간은 어느 정도인지 등을 스스로 따져봐야 한다. 나는 누구인가로 이어지는 어려운 질문임에 분명하지만 본인의 욕망과 마주하는 과정이 없으면 지금까지의 생활과 다른 삶의 국면에서 중심을 잡기 어렵다. 충분히 고민하고 스스로 결정해야 다음 단계로 나아갈 수 있다. 마찬가지로 먹고살 만큼 벌 수 있나요? 라는 질문도 스스로 본인이 얼마나 먹는지, 얼마나 먹을지를 먼저 정해야 한다는 결론으로 귀결된다. 나는 많이 벌면 많이 먹고 조금 벌면 조금 먹는다. 물론 갖고 싶은 것, 사고 싶은 것은 늘 생긴다. 돈이 있으면 사고 돈이 없으면 돈을 벌 궁리를 하거나 돈이 생길 때까지 기다리는 식으로 이런 생활에 적응하고 조정하며 살아 왔다.

일을 하고 있든 하지 않고 있든, 직장에 다니고 있든 사업을 하고 있든 언제까지 돈을 벌 수 있을까, 먹고살 만큼 벌 수는 있을까 걱정하기 시작하면 불안을 떨칠 수 없다. 도시나 시골이나 마찬가지다. 그러니 지금에 충실하고 마음이 원하는 곳으로 향하라고 다들 그런다.

말은 누가 못 해. 나는 제법 단단하게 불안을 견뎠던 순간들도 있지만 여전히 어려운 순간을 만난다. 앞으로도 그럴 것이다. 귀촌을 꿈꾸지만 이런저런 걱정들로 마음이 불안한 사람을 이해한다. 그래도 어쩔 수 없지, 불안을 안고 비틀거리며 살아가는 수밖에.

14

{ **여전히 도시는 그립지만** }

귀촌은 지금까지 살던 생활의 배경을 완전히 바꾸는 굉장한 사건이다. 생활권이 아주 다른 곳으로의 이주다. 동네 지리를 알아가는 것도, 동네 사람들과 친해지는 것도 시간과 에너지가 많이 든다. 지역 환경과 문화에 적응하는 과정은 피곤하면서도 재미있다. 한 달에 두어 번 서울을 오가던 친구는 서울에 자주 가는 게 눈치가 보인다고 했다. 좋든 싫든 이곳에서 이곳 사람들과 시간을 많이 보내야 하는데 자꾸 도시를 들락거리면 적응하기 어렵지 않겠냐는 달갑지 않은 시선을 받는 것이다. 그런데 정작 초기 귀촌인들이 서울에 자주 갈 수밖에 없는 이유는 지역이 불편하고 도시가 그리워서가 아니라 생업 때문인 경우가 많다. 마땅한 일거리를 지역에서 찾지 못하면 기존 거래처와 일해야 한다. 우리나라는 여전히 수도권 중심이라 일이 생기고 들어오는 곳 역시 서울인 경우가 많다. 서울에서 멀어지면 일하는 데 시간과 돈이 많이 들고 더 피곤해지지만, 전국이 1일 생활권이 된 만큼 거주지에 구애받지 않고 일하는 것은 얼마든지 가능하다.

일(만) 하기에는 서울이 좋다. 같은 일을 하더라도 지역에서는 도시에서 받던 만큼 임금을 받지 못하는 경우가 많고, 업무 조건이나 일의 진행이 터무니없게 느껴지기도 한다. 관공서에 지원 사업 신청서를 내고 다음 절차를 기다리고 있는데 당일에 꼭 참석해야 하는 일정 안내 전화를 받은 적도 있다. 친구는 그 전화를 받고 무슨 이런 경우가 있냐며 황당해했지만 나는 헐렁헐렁한 이곳의 일상이 오히려 흥미로웠다. 당장 지금 오라고 해도 갈 수 있는 나의 하루가 귀여웠다.

지역에서 살면서 마주치는 불편한 상황을 이해하지 못한 채로 도시와 단순히 비교하면서 불평만 한다면 귀촌 생활은 고통이다. 불가능한 것들에 대한 미련을 버리고 새로운 기준을 인정하기가 어려울 순 있다. 하루에 몇 차례 만날 수 없는 버스 때문에 발이 묶인다는 느낌이 들 때, 척 하면 척 하고 말이 통하는 친구 하나 없어 외로울 때, 백반집과 중국집, 고깃집 외에는 외식 메뉴의 선택권조차 없을 때, 이렇게까지 살아야 하나, 내가 이러려고 귀촌했나 하는 마음이 들어 서러워진다. 그런 순간은 갓 귀촌한 뒤에 찾아올 수도, 나처럼 6개월 정도 행복하게 잘 지내다가 슬금슬금 찾아올 수도 있다.

아무것도 하지 않아도 좋기만 하던 시절을 지나 무언가 하고 싶은 마음이 들기 시작하니 아무것도 할 수 없는 것 같아 시시했다. 귀촌 초기에는 서울에 갈 이유도 필요도 거의 없었는데 나중에는 서울 갈 일이 생기기만을 기다렸다. 도시가 그립다고 훌쩍 다녀오기에는 교통비가 제법 부담스러워서 서울에서 일이 들어올 때 겸사겸사 서울에 갔다. 가끔은 내가 자발적으로 도시를 떠나 기분 좋게 지역에서의 삶을 살고 있는 게 아니라 어쩌다 보니 주변부로 밀려난 게 아닐까 싶기도 하다. 나는 정말로 원하는 곳에서 원하는 모습으로 살고 있는 걸까, 나는 이렇게 도시를 그리워하는데 귀촌에 실패한 거 아닐까, 도시의 무엇이 그토록 그리운 걸까.

도시에서는 눈만 돌리면 이벤트가 가득하다. 사람 많은 곳으로 숨어 버릴 때의 편안함, 화려하고 강렬한 것, 복잡하고 빠르고 구체적인 것, 익숙해서 편안하고 아름다운 것들이 도시에 있다. 그래서 도시가 그립다. 시골 밥상이나 한정식 말고 도시에서만 파는 음식들이 먹고 싶다. 사람들이 많은 곳에서 솟는 기운, 여러 사람이 모여야만 낼 수 있는 분위기가 있다. 재미있어 보이는 곳에 찾아가면 취향과 성향이 비슷한 사람들을 만나 친구가 되기도 했다. 상대적으로 지역에는 사람도 사건도 적으니 그럴 기회가 적고 도시에 비해 활기도 없는 것처럼 느껴졌다. 지역의 상황을 시시하게 여긴 건 내 한계일 것이다. 훌륭한 사람을 알아보는 눈, 친구가 되려는 노력이 부족했다. 누군가가 차려 놓은 판에서 놀기만 하는 도시에서와 달리 여기에서는 직접 판을 만들고 지금까지와 다른 여건에서 다른 방식으로 관계를 맺었어야 했는지 모른다. 노력했지만 삐걱거렸고 괜한 상처를 주고받았다.

　　문화 다양성이나 소수자 인권, 페미니즘 이슈와 관련해서는 자주 마음이 상했다. 이것은 혐오고 차별이라며 일일이 문제를 지적할 만한 용기와 체력이 없어서 조용히 마음의 문을 닫고 돌아온 일도 많았다. 누군가 엄연히 괴로워하고 있다고 해도 '원래 시골은 그렇다'며 심각하게 여기지 않고, 피해자가 참고 넘어가 주기를 바란다. 좁은 지역사회에서는 껄끄러운 관계가 되면 피차

민망하다는 이유로 '긁어 부스럼내지 말라'며 이미 찢어진 상처를 못 본 척 덮어 두기 일쑤다. 도시처럼 많은 사람이 살지 않기 때문에 원하지 않아도 가까운 사이가 되고, 가까운 사이일수록 어려운 이야기는 못 하는 한국인들답게 적당히 알아서 누군가의 희생을 전제로 한 불안한 평화를 유지한다. 오랫동안 가족주의 공동체로 살아온 마을 사람들과 그러한 전통에 적응하고자 하는 귀농귀촌인들이 모인 사회는 좁고 깊고 진하다. 도시보다 만나는 사람도 적고 안팎으로 일어나는 사건도 적다. 다양한 자극이 없는 생활에서는 서로의 일상이 관심거리가 되어 갑갑하고 끈끈한 관계를 맺는다. 도시처럼 익명의 군중 사이로 숨을 수 없다.

마음 둘 곳 없고 도망칠 곳도 없는 좁은 지역사회가 답답하다고 느껴지는 건 한순간이다. 앞날은 막막하고 다 지긋지긋했다. 회사를 다니든 아르바이트를 하든 어떻게든 먹고는 살 것 같은데 어떻게 살고 싶은지 그림이 그려지지 않았다. 일거리들은 죄다 단조롭고 지루한 데다 안정적이지 않으니 계속 불안할 것이다. 귀촌해서 자연스럽게 살다 보면 자아를 찾고 진로도 찾을 줄 알았는데 막막함은 도시에서와 마찬가지였다.

15
{ **내가 선택한 지역에서 지속 가능한 삶 꾸리기** }

도시 생활이 숨 막혀 귀촌했는데 귀촌 생활도 만족스럽지 않다면 다시 도시로 돌아가야 하는 걸까? 그러면 지금의 불안과 불만이 사라질까? 당연히 아닐 것이다. 사는 게 거기서 거기라는 생각이 든다. 나는 도시의 무엇에서 벗어나고 싶었던 걸까. 너무 높고 빽빽한 건물로 가득 찬 도시가 답답했다. 너무 많은 사람과 차들이 빠르게 다니며 나를 압박하는 기분이 싫었고, 인간적인 교류 없이 의도치 않아도 경쟁하며 살아야 하는 상황이 싫었다. 귀촌한 뒤에는 훨씬 한적한 곳에 살며 자연과 가까이 지내고 만나는 사람들도 훨씬 적지만 관계의 밀도가 높아서 여전히 다른 종류의 압박감이 느껴진다. 사람이 적으니 아는 사이가 되기는 쉬운데, 오히려 친한 사이가 되기는 어렵다고 할까. 시간이 지나면 누구에게 나 열린 마음으로 선뜻 다가가기 어려워지곤 했다. 혹시 라도 나와 결이 맞지 않는 사람이어서 거리를 두고 싶 은데 관계의 장 자체가 좁다 보니 내 마음대로 거리 조 절을 못 할까 봐 처음부터 겁을 먹는 거다. 타인과의 속 도 경쟁은 없지만 자신의 불안과 계속 싸워야 한다. 도 시 생활의 힘든 점이 귀촌을 한다고 다 사라지는 것이 아니고, 귀촌에는 또 새로운 힘든 점이 생기니 세상일 은 모두 동전의 양면처럼 좋은 점과 힘든 점이 있는 법 인가 보다. 도시에서는 손해 보지 않고 피해 주지 말아 야 한다는 명목으로 극도로 조심하고 세밀한 규칙을 만 든다. '사람 냄새'는 사라지지만 최소한의 심리적, 물리 적 안전은 보장되는 편이다. 반면 시골살이는 엿가락처 럼 진득진득하다. 달고 진하지만 손가락을 쪽쪽 빨아야 '먹기'가 끝난다. 일회용으로 포장된 사탕은 쏙 까 먹으 면 편하고 위생적인데 말이다. 지역의 어른들이나 가족 을 이루고 사는 선배 귀농귀촌인은 삶의 배경과 생각하 는 방식이 도시 젊은이들과는 많이 다르다. 지나친 관심 과 참견이 피곤하지만 그러려니, 그런 것들이 따뜻한 배 려와 도움의 뒷면이라고 생각하면서 적절한 거리를 찾는 중이다. 도시의 합리적 규칙이 편리하지만 최선이 아닌 것처럼, 마을의 온기가 고맙지만 모두에게 편안한 게 아니니까. 어디서든 노력하면서 함께 잘 살아야 하는 것이므로.

　도시에서의 고단한 생활을 그만하고 싶을 때, 그 문제를 해결하기 위해서 꼭 필요한 것이 무엇인지 생각해보면 좋겠다. 귀촌을 통해 그 문제가 해결될 수는 있지만 해결 방법이 귀촌밖에 없는 것은 아니다. 귀촌을 계속 준비하던 한 친구는 배우자의 반대로 당장 실행할 수 없게 되자 타협해서 일단 서울 외곽 지역의 주택으로 이사했다. 프리랜서로 근무시간을 자기가 정해 유연하게 일하게 되니 귀촌에 대한 마음이 전처럼 갈급하지는 않다고 했다. 반면 귀촌했지만 도시에서처럼 직장 생활을 하며 야근하고 격무에 시달리다 보니 스트레스는 똑같이 받고 생활만 불편해졌다는 사람은 퇴사하고 1년 동안 자기를 위한 시간을 가지고서야 비로소 귀촌을 실감한다고 했다. 그는 돈을 벌지 않고도 크게 불안해하지 않고 지낼 수 있는 마음이 귀촌에서 나왔다고 했지만 다른 이는 꼭 그렇지도 않을 것이다. 도시에서도 그런 여유는 가능하다. 아기와 살던 친구는 고립감을 견디지 못해 도시로 돌아갔다. 여전히 육아는 힘들지만 유아차를 끌고 마트에도 가고, 문화센터에도 가고, 친구들과 만나면서 덜 힘들어졌다. 귀촌인으로 살 때는 불가능한 일이다.

도시에 살면서도 인간적으로 자연스럽게 사는 사람들을 본다. 도시 밖에 살면서도 세상의 흐름에 뒤처지지 않고 성장하며 사는 사람들을 본다. 어디에서 사느냐만큼 어떻게 사느냐, 나는 어떤 사람이냐가 더 중요하기 때문이겠지. 나는 도시 음식이 먹고 싶고 도시에 사는 친구들이 그립고 도시의 다양한 문화적 토양과 자극이 필요한 사람이다. 또한 원치 않는 소리를 듣는 게 괴롭고 사람과 차들로 가득 찬 곳에서는 피로감을 느낀다. 도시의 물리적 밀도와 시골의 정서적 밀도가 다 부담스럽다. 좋아하는 사람들과 다정하게 지내고 싶은데 어디서든 가능하지만 그만큼 어렵다. 그래서 나는 지금 여기에 계속 산다. 도시에만 있는 음식·친구·다양한 자극은 가끔 도시에 가면서 채울 수 있지만, 도시에서 차나 사람을 치우는 건 불가능하기 때문이다.

어떤 귀촌인들은 도시로 돌아간다. 지금 자신에게 필요한 게 무엇인지를 가장 잘 아는 사람은 자기 자신이다. 시간이 지나면 사라질 불편인지, 해결할 수 없는 근본적인 문제인지, 내가 진짜로 원하는 게 무엇인지 스스로가 가장 잘 알 것이다. 확신할 수 없더라도 결정은 직접 해야 한다. 귀촌을 하겠다는 것도 귀촌 생활을 접겠다는 것도 내 마음이다. 내 마음이 원하는 곳으로 가자. 적응하려고 힘들게 억지로 노력할 필요는 없다. 나는 여전히 잘 적응했는지 모르겠다. 회사에 그만 다니고 싶어졌을 때, 수입원이 마땅치 않았을 때, 자격증 취득이라는 목표를 달성했지만 뚜렷한 다음이 보이지 않을 때, 자격증 시험 준비가 지겨울 때, 집 계약 기간이 끝나 이사를 해야 할 때 등 어떤 변화와 선택의 시기마다 나는 계속 완주에 살지 다른 지역으로 이사할지 고민했다. 다시 도시 생활을 할지, 다른 지역으로 갈지 구체적으로 생각하다 보면 그 또한 귀찮아져서 고민을 멈추게 된다. 완주를 떠나지 않는 이유는 이사가 귀찮고 어디든 다르지 않을 거라는 체념 때문이지 여기에서의 생활에 만족해서는 아니었다. 어떻게 해야 할지 정확히는 모르겠지만 서울로 다시 가고 싶지는 않았다. 지금 살고 있는 임대 아파트의 보증금과 저축액을 다 그러모아도 서울에서 살 만한 집을 구하고 유지하면서 살기는 현실적으로 힘들 것이다. (꼭 가고자 한다면 못 갈 것도 없다고 생각하기는 한다.) 완주로 올 때도 우연과 인연이 닿았던 것처럼 내 삶의 다음도 그렇게 자연스럽게 이어지리라 기대한다. 그때까지는 지금까지의 실패를 반추하며 계속 노력하면서 너무 괴롭지는 않게 살아야겠다. 먼저 귀촌한 여성으로서 내가 이야기할 수 있는 건 과거의 모습과 현재의 생각뿐이니 이전과도 달랐고 앞으로도 달라질 지금을 솔직하게 털어놓을 뿐이다.

마음 맞는 친구가 없다고 실망하는 대신 조금씩 나아질 방법을 찾는다. 마음을 맞추는 데 조급해하지 않기로 한다. 생각해 보면 지금 좋아하는 친구들도 처음부터 첫눈에 반하듯 사랑하게 된 건 아니었으니 아주 오랜 시간이 걸릴지 모른다. 친구 농사가 꼭 성공하리란 보장도 없다. 멀리 있지만 좋아하는 친구들과의 사이가 멀어지지 않도록 노력하면서 연결된 감각을 유지한다. 안정적인 마음 상태라야 새로운 친구를 만날 기회와 마음을 맞춰 볼 여유도 생긴다.

내가 가장 좋아하는 친구들이 우리 동네로 이사 오는 상상을 한다. 식사를 마친 허전한 저녁에 같이 산책 가자고 불러내고, 사소한 대화를 나누면서 차나 한잔 마시자고 서로의 집에 들른다. 함께하는 시간과 장소를 더 늘리고 싶으면 함께 살 수도 있다. 그런데 지금 그 친구들은 각자의 위치에서 잘 산다. 때때로 외롭고 이런 관계를 그리워하면서도 자기가 선택한 장소에서 적당히 일하고 그곳에서 필요한 관계를 만들어 간다. 마치 내가 그러는 것처럼. 내가 그 친구들 곁으로 이사 가지 않듯 그들도 우리 동네로 이사 오지 않는다. 외롭다 그립다 말하면서 이렇게 떨어져 살고 있다. 그런 친구들이라 계속 좋아하는지도 모르겠다. 이렇듯 나는 친밀한 관계를 원하지만 독립적이고, 독립적인 사람들을 좋아한다. 그러니 시간을 두고 독립적이면서도 친밀한 관계가 가능한 나의 세계를 만들어야 한다. 그 세계가 굳이 내가 사는 곳의 행정구역 구분을 따를 이유가 없으니 충분히 넓어져도 좋다. 부드럽지만 촘촘하고 느슨하지만 절대 끊어지지는 않을 연결이면 된다.

수도권 친구들과 팟캐스트를 만들 때는 2주에 한 번 온라인으로 회의하고 한 달에 한 번 만나 녹음했다. 봉화·남원(산내)·순창 등 멀리 귀촌 여성들을 만나러 다니기도 했다. 이미 지역에는 자기 자리에서 열심히 일하는 멋진 친구들이 있었다. 원한다면 전국을 무대로 일하고 배우고 사귀고 함께 놀기에 큰 어려움이 없었다.

귀촌을 한 뒤에 답답함을 느낀다면 굳이 생활 터전을 그 지역으로 한정 지을 필요는 없다. 매주 몇 백 킬로미터를 달려 춤을 추러, 빵을 구우러, 요가를 하러, 상담을 받으러 다니는 사람들이 있다. 내가 사는 집과 동네도 내 삶터이고 내가 원하는 활동을 할 수 있는 특정한 장소도 내 생활 터전이다. 도시를 찾아가서라도 나를 만족시켜야지 삶의 기쁨을 억지로 포기하지는 말기 바란다.

나는 변덕이 심한 사람이었다. 도시가 혼잡하고 빨라서 싫었는데, 느린 곳으로 왔더니 답답해서 또 싫다. 나는 여전히 나의 마음을 정확하게 알지 못한다. 내가 원하는 게 여기 있는 줄 알았는데, 여기에 조금 저기에 조금 흩어져 있었다. 완벽한 선택이란 존재할 수 없을 테니 내 인생에 기본 값으로 깔려 있는 불안과 외로움을 인정하려고 노력 중이다. 나는 언제나 어디서나 누구 곁에서도 외롭고 불안하고 슬플 것이다. 선택에 동반하는 변화를 인정하고 그 상태를 기반으로 부지런히 순간의 기쁨과 행복을 적극적으로 알아채야만 살아갈 수 있다.

귀촌 이후에도 잘 살아가려면 불안하고 외로운 내 삶의 진실을 이해해야 할 것 같다. 나는 귀촌해서 생활이 불편하고 외로운 게 아니었다. 도시에 계속 살았어도, 여행자처럼 늘 돌아다니며 살았어도 늘 불안하고 괴로워했을 것이다. 감당할 수 없어 도시에 두고 온 것과 여기서 새롭게 만나게 된 행복을 교환했다는 사실을 기억해야지. 도시에서는 모든 것들이 너무 많고 빨라서 멀미가 났더랬다. 한적한 곳으로 오면 당연히 여유롭고 또 그래서 지루하다. 귀촌해 보니 실망이라며 원망하지는 말아야지. 나는 양팔을 한껏 벌려도 이쪽 끝과 저쪽 끝이 닿을 수 없는 곳에 있는 거다. 가질 수 없는 양쪽의 행복과 기쁨을 잡고자 허공을 허우적대다가 지쳤는지도 모른다. 도시에는 편리함과 신속함이 있다. 간결하면서도 풍성한 문화와 사람들. 그래서 복잡하고 어지럽다. 귀촌한다는 건 그런 재미들을 쥐고 있던 한 손을 놓고 반대편 끝까지 걸어가 낮게 핀 꽃 앞에 몸을 낮추는 일이다. 복잡한 곳에서는 절대 피지 못할 꽃을 가까이 다가가 그저 바라보기 위해서.

언젠가 여기를 떠나고 싶다는 마음이 든다면 다른 곳에서만 할 수 있는 일이 있거나 특정한 어딘가로 가고 싶어질 때일 것이다. 새롭게 환경과 사람에 적응해야 하는 시간을 두려워하지 않고 오히려 재미있어 하는 편이지만, 그 1~2년의 시간 후에 찾아올 지루함과 답답함을 어떻게 지나야 할지 아직도 모르겠다. 지금까지 그랬던 것처럼 또 처음 해 보는 일로 그 괴로움을 넘길지도.

도대체 귀촌이 뭐길래

귀촌 후 1년 반 정도 지났을 때 청년 정책 수립을 위한 간담회에 초대되었다. 어쩌다 이주하게 되었고 어떻게 지내는지, 사는 데 어려움은 없는지, 어떤 정책이 필요한지 이야기하는 자리였다. 나는 아무것도 안 하고 그냥 창밖만 바라보고 있어도 좋았던 귀촌 초기를 지나, 회사는 다니기 싫고 퇴근 후엔 갈 데가 없어 외롭고 지루하던 시절이라 남들은 어떻게 사는지, 귀촌 이후의 생활에 과연 만족하는지 물어보고 싶어서 참가했다. 함께 모인 사람들은 늘 보던 귀촌한 친구들이었지만 그런 자리에서는 평소에 잘 하지 않는 이야기도 하게 된다. 다들 귀촌의 가장 좋은 점이 많은 사람들을 만나고 다양한 경험을 쌓은 것이란다. 나는 이미 도시에서 나랑 잘 맞는 사람을 많이 만났고 숱한 경험을 했다. 친구도 없고 할 일도 없는 이곳 생활은 솔직히 도시보다 심심했다. 집에서 보이는 풍경과 출근길이 아름답고 평화로운 것만이 도시 생활과의 차이점이자 장점이었다. 듣기 좋은 꽃노래도 한두 번인 것처럼 보기 좋은 풍경도 시간이 지날수록 덤덤해져 갔다. 도시에 비해 자연에 더 가까이 살고 있다는 사실이 내게 어떤 의미인지 찾아내야만 했다.

꾸준히 도시 밖에서의 삶을 꿈꾸는 사람들이 많아 선배로서 귀촌 경험을 이야기하는 자리에 종종 초대되는데, 귀촌 2년 차까지는 아름다운 풍경 안에 사는 기쁨과 행복에 대해서만 이야기해도 스스로 벅차올랐다. 가끔 외롭기는 해도 멀리 산이 보이는 강둑길 사진을 보여주며 이런 길을 매일 걸어서 출근하는 게 얼마나 좋은지, 가슴이 답답할 땐 언제든 자연으로 달려 나갈 수 있는 자유에 대해 말했다. 시간이 흘러 7~8년 차가 된 뒤로는 그즈음의 내 상태에 따라서 말하는 내용이 달라진다. 이렇게 사는 게 괜찮은가 의심하는 시기에는 '도시나 시골이나 사는 게 똑같다. 뭐 하고 살아야 하는지 여전히 고민이고 막막하다. 살아 보니 시골이라고 해서 뚜렷한 대안은 없더라. 많은 순간 다시 도시로 돌아가야 하나 고민한다'고 말한다. 하는 일이 잘 풀려서 뭔가 앞날이 기대되는 순간에는 '지역은 역시 가능성의 공간이다. 뭐든 할 수 있고, 뭐든 될 수 있다. 어서 와서 나의 이웃이 되어 달라'고 말한다.

새롭게 이주하는 사람들이 많아지면서 귀촌 경험을 이야기하는 자리에는 점점 덜 불려 가던 중 오랜만에 사람들을 만났다. 모니터 앞에 앉아서 처음 해 보는 비대면 강연 자리였다. 코로나 때문에라도 도시를 떠나고 싶어 하는 분들이 많이 찾아왔을 것이다. 복잡한 도시에서 살기란 더욱 위험해졌고 아파도 제대로 쉬지 못하고 바쁘게 살 수밖에 없는 생활은 모두의 안전을 위협하기 때문이다. 이야기를 듣기 위해 모인 분들은 대안으로서의 지역살이에 기대를 거셨을 텐데 당시의 나는 원하는 대답을 해 드릴 수 없었다.

나 역시 코로나는 두렵고 달라질 미래가 불안했다. 수도권에 비해서는 적은 수지만 우리 지역에도 확진자가 있다. 개인적으로는 다니던 회사의 계약 종료만을 손꼽아 기다리면서 하루 빨리 자유인이 되기를 바랐지만 그다음을 상상할 수 없었다. 나의 귀촌 이야기는 '어쩌다 보니 귀촌을 했지만 삶은 어디서나 적당히 행복하고 적당히 고통스럽다'는 내용이었다. 좋은 점만 이야기하는 미디어에 대한 반감으로 환상을 심어 주는 이야기만을 하지 않겠다는 나름의 원칙이 있었기 때문에 힘든 점을 얼버무리지 않았다. 그런데 환상과 실제를 생생하게 들려주어 도움이 되었다는 분이 계셨던 반면에 그냥 직장 따라 이주한 걸 귀촌이라고 할 수 있느냐, 삶의 조건에 따라 그냥 살아간 게 아니냐, 내가 보기엔 너는 귀농도 귀촌도 아니다. 개인의 철학과 신념에 따라 살아가는 귀농귀촌인들에게 누를 끼치는 것 같다는 평을 한 분이 계셨다. 귀촌의 모습이 다양하지 않겠느냐며 다른 분들이 거들어 주셨지만 며칠 동안 당혹스럽고 억울했던 기억이 난다.

나의 귀촌은 귀촌이 아니란 말인가. 엄연히 도시를 떠나 지역에서 이렇게 살고 있는데? 도대체 귀촌이 뭐길래. 귀촌하고 나서야 원하는 모습으로 삶을 꾸릴 수 있게 되었고, 뜻이 맞는 사람들과 함께 노력할 수 있으니 그 인연과 경험이 귀하다던 친구의 말을 떠올려 본다. 귀촌은 다양한 사람을 만나 안 해 본 경험을 하는 걸 뜻하는 게 아니다. 살고 싶은 대로 살기 위해, 적극적으로 내 삶의 요소들 중에서 사는 곳을 옮김으로써 변화를 만드는 일이다. 그분께는 어쩌다 보니 귀촌했다는 내 말이, 직업과 기회를 찾아 지역으로 이주했다는 내 행보가 적극적 실천으로 보이지 않았던 거다.

귀촌 초기에 아름다운 경치를 보면 이렇게 좋은데 왜 뭔가 부족한 거 같지? 귀촌이 이게 다야? 하고 느꼈던 의문에 이제야 답할 수 있게 되었다. 내가 원하는 삶이 무엇인지 솔직히 인정하고 설명하지 못했던 것 같다. 그게 다라고 믿고 싶지 않았던 거겠지. 그때의 내가 원한 건 자연과 더 가까운 생활이었다. 귀촌해서 좋은 점이 도시에서보다 자연 가까이 지낼 수 있다는 점뿐이지만 그것이 내가 가장 원하는 일이었던 거다. 무엇을 기대하고 귀촌을 했건 실제로 귀촌 생활을 지속하는 이유는 자연 가까이 산다는 기쁨이다. 귀촌에 대한 수많은 환상과 기대는 사라졌지만 취향은 바뀌지 않아 다행이다.

지금은 조금 더 정확히 말할 수 있다. 나는 자급을 지향하면서 최대한 자연의 순리에 따라 자연스럽게 살고 싶다. 도시에서도 그렇게 생각했고 할 수 있는 노력을 했다. 생활공간과 하는 일이 바뀌었어도 도시에서의 삶의 태도를 그대로 가지고 있다면 귀촌하지 않은 것과 같다는 비난에는 이렇게 답하련다. 도시에 살 때도 노력했다고요! 나는 언제 어디서나 생에 진지하게 임했고 노동과 이웃, 자연을 존중했다. 나와 곁을 사랑하며 일하고, 자연 가까이에 살고 싶어서 도시를 떠나왔다. 스스로 귀촌을 선택했고 결과에 책임을 지면서 조금씩 원하는 방향으로 삶을 전환해 왔다. 언제까지 여기서 살지는 모르지만 지금까지 그랬던 것처럼 원하는 삶의 모습을 향해 갈 것이다. 그렇기 때문에 어쩔 수 없이 여기서도 도시에서처럼 여전히 좌충우돌 방황 중이지만. 늘 그렇듯 도시가 그립고 현재가 불안하지만 나는 어디서도 삶을 만만하게 생각하지 않았다. 앞으로도 그럴 것이다.

귀촌하는 법
: 도시에 없는 여유와 나다움을 찾아서

2021년 9월 14일 　　초판 1쇄 발행

지은이
이보현

| **펴낸이** | **펴낸곳** | **등록** | |
| 조성웅 | 도서출판 유유 | 제406-2010-000032호(2010년 4월 2일) | |

주소
서울시 마포구 동교로15길 30, 3층 (우편번호 04003)

전화	**팩스**	**홈페이지**	**전자우편**
02-3144-6869	0303-3444-4645	uupress.co.kr	uupress@gmail.com
	페이스북	**트위터**	**인스타그램**
	facebook.com	twitter.com	instagram.com
	/uupress	/uu_press	/uupress

| **편집** | **디자인** | **마케팅** | |
| 사공영, 백도라지 | 이기준 | 송세영 | |

| **제작** | **인쇄** | **제책** | **물류** |
| 제이오 | (주)민언프린텍 | (주)정문바인텍 | 책과일터 |

ISBN 979-11-6770-008-7 04800
　　　979-11-85152-36-3 (세트)